YIWAI
DE AIQING

意外的爱情

时代出版传媒股份有限公司
安徽文艺出版社

张国领◎著

作者简介：

张国领，中国作家协会会员。河南禹州人，现居北京，毕业于北京电影学院、南京政治学院，军事新闻研究生。军旅生涯43年，历任战士、干事、电视编导、《橄榄绿》文学期刊主编、《中国武警》杂志主编，武警大校警衔。出版有散文集《男兵女兵》《和平的守望》《和平的断想》，诗集《绿色的诱惑》《血色和平》《铭记》《千年之后你依然最美》《和平的欢歌》等16部，《张国领文集》（11卷）。作品曾获"冰心散文奖"、"解放军文艺新作品奖"一等奖、"战士文艺奖"一等奖、"长征文艺"奖、"中国人口文化奖"金奖、"群星奖"银奖等五十多个奖项。

YIWAI
DE AIQING

意外的爱情

张国领 ◎ 著

时代出版传媒股份有限公司
安徽文艺出版社

图书在版编目（CIP）数据

意外的爱情/张国领著. --合肥：安徽文艺出版社，2021.6
ISBN 978-7-5396-7102-4

Ⅰ.①意… Ⅱ.①张… Ⅲ.①爱情诗－诗集－中国－当代 Ⅳ.①I227.2

中国版本图书馆 CIP 数据核字(2020)第 230292 号

出 版 人：段晓静
责任编辑：张妍妍　　　　　　　装帧设计：张诚鑫

．．．

出版发行：时代出版传媒股份有限公司　www.press-mart.com
　　　　　安徽文艺出版社　www.awpub.com
地　　址：合肥市翡翠路1118号　邮政编码：230071
营 销 部：(0551)63533889
印　　制：安徽新华印刷股份有限公司　(0551)65859551

．．

开本：880×1230　1/32　印张：12.75　字数：300千字
版次：2021年6月第1版
印次：2021年6月第1次印刷
定价：45.00元

．．

（如发现印装质量问题，影响阅读，请与出版社联系调换）

版权所有，侵权必究

目录 Contents

第一辑　心韵

水与萍 / 003

想念 / 005

温暖 / 008

倾听 / 010

神遇 / 013

刘海儿 / 015

旅途 / 017

送 / 019

忐忑 / 022

玲珑 / 025

花蕊 / 026

表情包 / 028

点红唇 / 030

初见 / 032

今夜有约 / 034

桃花 / 036

天涯 / 038

草莓 / 040

向上 / 042

问题 / 044

夜色 / 047

一张图片 / 048

樱桃熟了 / 051

月牙儿 / 053

在乎 / 056

这个夜晚 / 058

真想 / 060

爱,不需要理由 / 063

爱你 / 066

爱情故事 / 069

爱上了一个人 / 071

爱人 / 075

从此 / 078

村姑 / 081

等你出现 / 089

点头 / 091

端庄 / 093

符号 / 096

扉页 / 098

改变方向 / 101

给你 / 104

对面 / 107

红叶 / 109

蝴蝶 / 111

幸福的记号／113

肩膀／115

经过／118

晶莹的叶片／120

九月桃花／122

睫／124

结果／127

酒杯／130

开始／132

渴望／135

第二辑　暗香

来来往往／141

列车启动之前／144

美妙／148

梦中的雨／150

那个地方／152

你是海／154

那时候／157

那一刻／160

难忘恬淡／163

你的爱／165

你在山的那边／168

为了我爱的玫瑰／170

生命的欢歌／173

时光 / 174

思念 / 177

天使女孩 / 181

天堂 / 185

同行 / 188

望别 / 191

为你失眠 / 194

慰妻 / 198

温度 / 200

徒壁 / 202

吻 / 205

我爱你 / 208

我的东方 / 210

我在对你说 / 212

相聚 / 216

祥瑞 / 219

心上人 / 222

寻找 / 225

遥遥相望 / 228

夜色中的玫瑰 / 230

一百种想象 / 233

一朵花开在远方 / 236

依旧痴情 / 238

意外 / 240

樱桃 / 242

有爱的天空 / 245

有你的日子 / 247

有一个地方 / 250

远方 / 253

远与近 / 256

月光 / 259

致我的情人 / 261

致雪莲 / 262

又是吊兰 / 266

靠近 / 272

窗口 / 275

第三辑　苦恋

草莓 / 281

初吻 / 283

初至 / 284

白桦林 / 286

本来 / 289

尘 / 291

冰鞋 / 293

等车的女人 / 295

冬季幻想 / 297

等待短信 / 300

错觉 / 303

独旅 / 306

孤独 / 309

固执 / 311

海 / 314

滑冰的女人 / 317

黄昏旗 / 319

回答（一）/ 322

回答（二）/ 324

回答（三）/ 326

回答（四）/ 328

黄手帕 / 330

回眸 / 332

记忆 / 334

恋 / 337

两扇门 / 339

流浪者 / 341

柠檬夜 / 343

沏茶的女人 / 346

你是火焰 / 348

迎面走来 / 351

墙外 / 354

情人 / 357

伞 / 358

沙滩 / 361

思 / 362

随心而动 / 364

逃避 / 366

往日觅踪 / 368

问你 / 370

舞台 / 372

想 / 374

小船 / 377

寻觅 / 379

永恒 / 382

小屋 / 385

心愿 / 387

雨滴 / 390

在旅途 / 393

赠 / 395

自白 / 397

第一辑　心韵

水与萍

我把你高高地
举过头顶,举成我
晶莹剔透的天空
每天我在仰望里读你
品味你太阳一般
温暖的内容

举过头顶
是因为我已经把你
藏在了心中
在我心灵的最深处
只要有你存在
我就会风平浪静

举着你

你就是我的一面明镜
装着你
你就是我的一颗明星
读着你
你就是照耀我的明灯

因此，我湛蓝、我碧绿
我清澈、我透明
我将我的漫无边际
在那瞬间对视里收拢
收拢成一个玲珑的容器
天天凝视你的纯净

想 念

冬天的早晨
我打开一个葫芦
在它的每一粒种子上
都用心刻下两个字
——想你

等到春天
我会把它们种下
然后用祝福培土
然后用真情浇水
然后用思念施肥

我会化作一缕春风
把所有的乌云吹散
使照耀它们的阳光

不受任何遮挡

我会把最纯净的雨露
用心的容器接住
洒在那片土壤上
滋润它们的需求

在等待它们发芽的日子里
我用无数首诗搭起支架
把朝霞的流苏织成
一个个心形的蝴蝶结
挂在风的手指刚好能摸到的高度

看它们嫩嫩的芽破土
看它们黄黄的芽吐绿
看它们绿绿的芽向上
看它们蔓延的秧伸展
看每个支架的顶端
爬满它们的妩媚和妖娆

而这只是开端
因为接下来就是秋天
在所有丰收的景色里
我会独自把它们留恋

搬一把金色的椅子
在诗的葫芦架下
看饱满的果实以秋天的名义
在我的天空垂下一朵朵祥云

想你,就这样从一颗种子
开始,化作无数个种子
一年或两年或更长的时间
世界的天空都会被
我的思念占据,你
无论走到哪里都会看到
一颗思念的心在泥土中
在空气中,在阳光中
在你举目之处,被风吹动
没有喧嚣,却世代不断

温　暖

那是一个寒风呼啸的季节
雪,落在北方的山梁上
一行脚印记录大地此刻的孤独
零落成泥的树叶不知可在
做着春天的梦?这时候
我很自然地想到了温暖,想到了
那个没有月光的夜晚,我们
在没有灯火照耀的时候
相互拥抱,相互紧紧拥抱
拥抱着驱除昨天或者更远的
日子,遗留下的浓浓的严寒

那是怎样的拥抱啊,山峰
侧目,凝固成黑色的雕塑
大的和小的树木露出了

前所未有的庄严,雪花
努力开放出洁白以外的色彩
但纯洁是永恒不变的底色
将赤橙黄绿都重新注释
注脚是你阳光一样的笑颜
夜莺在那个瞬间停止了歌唱
冰封的河流暗潮汹涌
思绪像乱云在心海和脑际漫卷

身体与身体相贴,体温就
穿越了无情的季节,三十六摄氏度
与冰冷的石头相比,与彻骨的
北风相比,与厚厚的冰层相比
只是一层薄薄的不能御寒的衬衫
但我们是两个人的温度的相加
是两颗心的跳动幅度的共颤
因此我们获得的是倍增的爱
是相映相照相辅相成的温暖
相拥的是身体,融会的是爱恋
忘却的是严冬,燃烧的是情感

倾 听

一杯清水照见人影
一尊灯盏照彻心灵

我注视着神一样的你
以路途迷惘者的眼睛

一句话我都不愿询问
今天要静静把你倾听

像夏夜里倾听鸟的呢喃
像冬夜里倾听雪的梦境

像春天倾听花开的声音
像秋天倾听大地的安宁

见你之前我每晚入睡时
都在心中念诵你的姓名

虽然还没见过你的容貌
但想象与现实并不陌生

今天相见竟是如此地熟悉
让我有亲人相见般的轻松

我要这样坐在你的对面
倾听我们失散后的过程

你可以讲金木水火土
你可以讲雨雪雷电风

你的任何话语我都会
把它看作是你的心声

因为你说的每一句话
我都是唯一的听众

听着你我可以静静地看
看我已经变为现实的梦

听着你我可以静静地品
品你散发的馨香比兰浓

听着你我可以静静地想
想你浊世之上何成芙蓉

听着你我可以静静地思
思考幸福可是上苍派送

听着你我将你入心入脑
入我脉搏的每一次跳动

穿过你长长睫毛的丛林
去拥你清澈眸子的光明

此刻我甚至想到了多少期待
都是为今天像这样把你倾听

神 遇

我一直认为这是神的指引
用一个信息撞响了那个凌晨
隔着夜幕可以放飞
像星星一样多的想象
接受与拒绝都同样诱人

可以选择一带而过
像选择删除一条时光印痕
但我分明看到了一双目光
像星星一样闪烁的目光
闪烁的不是灯火而是单纯

于是,在两个按键之间
我轻轻按下了绿色的接受
接着就袭来了一屋的芬芳

芬芳的花儿开于何处
找到的却是你遥远的询问

多少试探的问候被我忽略
单单对你的问候心头一震
仿佛有个声音在告诉我
在人生漫漫的旅途之上
何曾发生过千里之外语音同频

是啊，一边是无数个声音的涌入
一边是对一种声音的苦苦追寻
想努力拨开世态的繁乱嘈杂
繁乱却越发将冗长写成沉闷
等待的是一道闪电大雨倾盆

但你不是一场倾盆大雨
只是夜深人静时的一道电讯
将我久已失联的信号
与心灵的唯一接口打通
音量微弱却发生了强烈共振

刘海儿

飘动,飘动于调皮的风
飘动,飘动于俏丽的影
飘动在你的前额
飘动于我的心中
你的额与我的心之间
是一段浪漫的旅程

那是一面随风招展的旗帜啊
将梦境舞动成现实
又将现实舞动成甜蜜的梦
无论你在何处我都能看到
她风中的婀娜多姿
她静止中的亮丽彩虹

一头乌发因她的飘逸

而显得梦幻般的灵动
一双眼睛因她的舞姿
而越发有了海一样的深情
长长的睫毛因她的轻抚
而挑起一颗颗耀眼的星星

我愿是一股风
一股多情的风
把她轻轻地轻轻地拨动
让阳光在我的手指间洒落
让金子为你铺一路光明
当她随风而舞的时候
我的心也在随风而动

旅　途

那是一条很长很长的路
那是我们并肩携手的旅途
共同的起点是共同的期待
共同的终点是共同的归宿

那一口水我们共同饮下
像久旱的禾苗豪饮晨露
尽管我们都知道前面有水
有滔滔长江有泱泱大河
甚至有冰凉爽骨的清泉
在山间奔腾不息汩汩咕咕
可此时是旅途
是我们的旅途
是我们从昨天走向今天的
开始,是明天的艳阳高照

崭新开启的紫红色的帷幕

我们曾在幕后默默等待

等待上台的所有精彩

我们曾在幕前久久凝视

你的眼神总令我欢欣鼓舞

今天的大幕由我们共同

拉开,你的手挽着我的手

把狂欢铺满短暂的旅途

旅途之后一切都将改变

石头被太阳涂成金色

泥土被晨曦涂成金色

田野上最雄性的电线杆

也将变成绿叶茂盛的植物

旅途遥遥,好在我们已经上路

已经把陈腐和旧俗甩在身后

已经把自然和世态甩在身后

已经把轻浮和厚重甩在身后

已经把高山和深壑甩在身后

剩下的只有你的深情的眼神

和吹不散的玫瑰花瓣的芳雾

踏上旅途

爱,是一生的呵护

送

纵有千般柔情
也被不舍取代
那个深夜的星星
好似我那数不清的无奈
但你要离开的脚步
已经像西去的月儿
任我千般挽留
也不会再作稍待
那我只能起身
用目光作最后的凝视
我想你能读懂目光里
我没有说出的喜爱

多想你就那样坐着
以我渴望的姿态

在时间的嘀嘀嗒嗒中
品尝从没有过的愉快
想象是一只小船
曾漂游于无际的大海
追逐着海鸥的翅膀
将欢呼一次次淹没
但我仍痴迷于你的文字
哪怕只是一句短语
或一个小小的标点
我总想从中读出
今天的从容不迫

你知道我没有从容
从见你的那一刻起
就失去了我引以为豪的
淡定,无法掩饰的慌乱
像按捺不住的钟摆
我以各种小心翼翼
来拖延时针的转速
让你忽略黑夜的存在
明知徒劳仍要努力
期望努力会创造奇迹
奇迹将程序更改
你走来就没想让你离去啊

因为拥抱黑暗之后
我们可迎接黎明的到来

送你,看丽影隐去
一颗完整的心
在深夜被你掰开……

忐　忑

一切还没有出发
一切还只是一个想法
那个相见的日子
还只是一个美好的预期
像满山遍野盛开鲜花
什么时候踏上路程
我在等待春天的朝霞
等第一颗透明的露珠
在春的枝头高挂
将太阳的所有光明
都画成最美的图画

一切还没有出发
一切还只是一个想法
可这想法一旦在心中酝酿

正常的双脚就乱了步伐
夜晚突然变得漫长
长得像一团丝线缠绕着的
一首儿歌或一篇童话
公主的美丽千年不改
多情的王子心乱如麻
将灵活的手指束缚得
有了几分僵硬
按下一个手机按键
像打开一座三峡大坝

一切还没有出发
一切还只是一个想法
从那个大胆的念头
像流星划过心海
耳畔便传来不息的浪花
也时有波涛掀起的雷鸣
由天边或眼前滚过
海燕的翅膀瞬间伟大
我在升起白帆的小舟之上
任风起云涌
被想象的巨浪推上抛下

一切还没有出发

一切还只是一个想法
但感觉心中已经开始
有一只小猫在心尖尖上
抓……抓……抓……

玲 珑

轻轻地我用手一握
一轮上弦月的似水柔光
就从指缝溢出
如一串玉珠洒落
我慌忙躬下身子掬起
却闻到一股花香
是玫瑰的浓烈？是茉莉的
淡雅？是勿忘我的
悄然绽放？我醉了
忘情地捧在手心
却不敢品尝
我怕我一时紧张
会破坏了你的玲珑
会伤害了你的剔透
会将我的惊喜
变成意想不到的忧伤

花　蕊

是你的花吐露芳芬
是你的蕊娇艳红嫩
是你的色彩让朝晖黯然
是你的美将我深深吸引

我是被你的馨香熏醉的
一只蜜蜂啊,把每一个夜晚
都当作早晨,不停地扇动
勤劳的翅膀,追逐你
追逐天边的五彩祥云
我以今生所未有的
热情、痴情、激情和豪情
盘旋于你的迷人的花蕊之上
采集的是你的美妙和甜蜜
吸取的是你的优雅和神韵

亲爱的，你应该明白
不是我喜欢日夜不停地奔波
是你身上释放出的巨大诱惑
打动了我孤独已久的那颗心
你用无与伦比的慧心和善意
拨动了我已喑哑多日的生命竖琴
就因你的一次无意弹拨
我从此会吟唱不止
我从此会快乐不止
我从此会唱出世界上最美的声音

为你的花
为你的蕊
为你向太阳绽放的花蕊
我今生要频频举杯
把幸福的甘露狂饮

表情包

你的信息与别的信息不同
信息的最后都缀着丰富表情
透过一个个表情我仿佛看到
你虽然站在我望不见的地方
交谈却是面对面的亲切,每句话语
都似言犹未尽,语气里藏着的
是若隐若现喷薄欲出的光明

有些文字也许与表情无关
但每个表情都能透露出
你此时快乐的心情,快乐
那是多么简单的追求啊
可发现快乐找到快乐并得到
快乐,却要拼尽全力
甚至是要用上我们的毕生

你想告诉我的我都在心中
铭记,并已把它的内涵读懂
没有读懂的是你的笑脸
为什么总把我的内心打动
同样的文字只要从你的方向发出
就有了击穿灵魂的力量
凡被击中的地方都出现两个粗体大字
——高兴

表情都是有名字的啊
但你的表情却拥有同一个姓名
长长的睫毛轻轻地向下一耷
脸颊上便露出两片绯红
最初的羞涩遮住了辽阔的蓝天
看霞光铺天盖地地升起
红润的温暖充盈在心的长空

我从不认为这只是你的习惯
因为我感受到了爱对爱的尊重
当我也把同样的表情送到你眼前
这一定不是我对你的简单重复
每一个表情里我都添加了崭新的内容
这内容我相信只有你能够明白
其实心与心需要的是无声的感应……

点红唇

你的唇是我的梦想
你的唇是我的朝阳
你的唇隐含着无数秘密
使我一遍遍为她疯狂

晶莹的唇湿润的唇
丰满的唇甜蜜的唇
我不知道用什么词
来形容你唇的美丽无双
只知道望着你的红唇
心中会升起
一轮又一轮金色的太阳
一轮照耀着我的现在
一轮照耀着我的未来
一轮照耀着我的心灵

一轮照耀着我的向往
还有一轮照耀着我前进的
脚步,去步步向上
还有一轮照耀着我的诗句
张开所有想象的翅膀

你的唇我一见难忘
无论多少赞美的语言
都不能描述你的梦幻之光
我要为你弹响六弦琴
让每根琴弦都变成祝福
祝福你如意吉祥
我要化作不知疲倦的夜莺
为你的美丽日夜歌唱

有朝一日我要在你的唇上
印上我的最深情的吻
一个吻就足以点燃我生命
不熄的圣火,温暖世界
使所有的戈壁大漠不再荒凉

初　见

初见，顾名思义
是初次相见，而我
想到了你的从前
从前的时光该是多么
明艳，照耀大地
通体灿烂
却为何没有照耀
我的心灵，使我独自
去面对那长久的黑暗

初见，顾名思义
是我们不曾相见
可在见到你的刹那
脑海里闪过多少熟悉的
画面，每一幅里都有

你那美丽的身影走过
那是梦境吗？可是
又如此亲切,似乎
你那纤纤手指曾经
与我相挽、相牵

穿过那条玻璃通道
所有的大门都已敞开
所有的霓虹都为你而闪
我走过惊讶的目光的
长廊,看到你就站在
大厅的中央,远方有灯火
身边也有灯火,你就那样
在灿烂的灯火中
用微笑把我的希望点燃

不需要询问
心与心早已在时空中牵引
只是我不能将你的手拉起
触摸我胸中的狂澜

今夜有约

车轮在高速狂奔
总落后于急切的心
迅速后退的群山大地
发出一声声疑问
但我却来不及解释什么
只把旗帜一样张扬的祝福
洒落得一路缤纷

我是在追逐太阳
我是在追逐星辰
我是在追逐一段时光
时光里有你夹进的
那一束黄河浪花
我要在月亮升起的时候
站立在黄河之滨

所有的故事都已成过去
所有的传说都将是陪衬
一闪而过的田野终将
在丰收的喜讯之后沉默
它们并不知道我们的约定
约定在黄昏的长笛声中
看你以娇丽的姿态
华灯初上，走入凡尘

此时我纵然有丰富的想象
却想不出你该是何等迷人
只有一颗心在嘭嘭急跳中
翘首等待你轻盈的足音
是姗姗是婀娜还是迤逦而来
是否有彩霞铺路？是否有
满天的祥云？只有你的着装
是曾经描述过的
阳光的流苏托起的飘逸长裙

黄河是你扬起的长袖吗
将一座城市挥舞得荡然无存
在我眼前只留一条金色大道
通向你一颗芳心……

桃　花

天边盛开着一朵桃花
眼前盛开着一朵桃花
透过这一抹醉心的粉红
我看到了你桃花一样的脸颊

任何花朵都是定时绽放的啊
或初春或隆冬或仲秋或盛夏
只有你的鲜艳四季不败
四季都有你绽放的纯洁无瑕

花意如水荡漾在辽阔的心海
一叶小舟总渴望着风吹浪打
花色似火点燃夜晚的希望
使所有星辰都化作满天彩霞

我相信一朵真情的花
能够把寒冷驱逐、把冰霜融化
因为你的动人心旌的笑容
已使我坚定了前进的步伐

因为心中有了一朵桃花
我的世界从此将风景如画
季节的河流不再担心干涸
即使有忧伤也是由于幸福的升华

天　涯

天涯很远,远在天边
天涯很近,近在眼前

天涯若是天涯,路途一定
有无数艰险;我的天涯
却是近在咫尺,咫尺之间
却隔着千万道水千万重山

若是山高若是水长我依旧
会去攻坚克难把时空击穿
若是豺狼若是虎豹我仍然
会去张弓搭箭将野蛮驱赶

可现实是一堵薄薄的墙壁
薄得一阵凝视能将其洞穿

甚至吹口气也可破壁而过
破壁而过把你拥在我胸前

可毕竟我是根朝北的指针
你是能决定我方向的罗盘
因为一生不变的肉体凡胎
将你的话视作行动的指南

于是我歌颂那堵冷漠墙壁
化咫尺为天涯去舍近求远
请太阳在我的失眠中升起
给我一次彻夜不眠的狂欢

天涯很远却近在心间
天涯很近却远在思念

草　莓

一颗草莓骄傲地挺立
那红色始终娇艳欲滴
欲伸出手去将她采摘
却怎么也屏不住急促的呼吸

一颗草莓骄傲地挺立
把我的目光久久地凝聚
注视着她我忘记了季节
只闻到浓郁的花的气息

一颗草莓骄傲地挺立
面对她你会遗忘所有的诗句
纵使与她的距离千里万里
仍能把每一个纹路看得清晰

一颗草莓骄傲地挺立
太阳在她面前失去了朝气
枯萎的生命青春勃发
干涸的土地有了生机

一颗草莓骄傲地挺立
莫名的冲动变得狂放不羁
一碗凉水做烈酒样地豪饮
一片树叶举成胜利的大旗

一颗草莓骄傲地挺立
世界因她而分外美丽
四季有了自然的变换
大地有了调顺的风雨

因一颗草莓骄傲地挺立
我的一颗心从此跳动不息
尽管骄傲的草莓含笑不语
我仍能读懂她内心的甜蜜

向 上

从你的手指向上
世界会发出光芒
每一个关节里都有生命交响

握着你的指尖
我聆听大海的巨浪
一次次一次次
撞击我高挺的胸膛

那十根手指该是十支彩笔啊
写出山川的美丽
描绘大河的激昂
只要经过你的抚摸
千年枯枝也会嫩芽萌动
万载顽石也能开口歌唱

但此时我握着她

向上

向上

向上

每前进一步都是爱的胜利

每向上一寸都是心的期冀

每次挪动都是一次值得狂欢的奖赏

从你的指尖开始

我找到了出发的地方

平庸的生活从此不再平淡

虽仍有起伏仍有曲折

但起伏曲折都步履铿锵

亲爱的

沿着你的十指向上

看彩云在天空涂满吉祥

沿着你的十指向上

我的心花一遍又一遍地怒放

问　题

人生都有千万个问题
唯有这一个我必须问你
你的回答任何人不可代替
像无论多么耀眼的星星
也不能替代阳光的美丽

你走来的时候我是询问过的
带着胆怯但充满勇气
因为我知道没有答案
才将问号拉得长长的
没有给自己留下任何余地

你走去的时候我再次询问
正有一只鸟儿从面前飞向天际
它是否知道了我询问的结果

匆匆地消失在云端
留下一个我猜不透的秘密

见不到你的时候我默默地问你
并将答案想象成春天的雨滴
伸出双手我追逐着远去的春风
怕它无声地把你的身影带走
让尘土重新掩埋我的思绪

白天我问过你,窗外风和日丽
太阳把你的刘海儿镀成流苏
使圣洁的前额写满了诗意
那一刻我竟沉醉于诗的云霞
忘了你的回答才是我期待的警句

晚上我问过你,灯光有几分迷离
你的笑容使无边的夜色五彩缤纷
天使的翅膀把无数希望都刻在天宇
你说黎明才是夜晚的最终归宿
喷薄而出的朝霞会送给我一个惊喜

问你,这也许是一个没有答案的问题
但我却忍不住把我的询问一次次提及
也许答案本身早已不再重要

每询问一次只是在加重我对你的思念
每询问一次都是爱在心底的一次堆积

夜 色

一扇门虚掩了夜色
门之外有万千焦灼
脚步像星星满天闪烁
惹得弯月东躲西藏

门是你虚掩的故事
把两颗心随意揉搓
夜是你朦胧的回答啊
让一条河流淌着干涸

轻轻推开你虚掩的拒绝
我却推不开模糊的夜色
四处寻找着太阳的开关
无意中点亮了黎明的圣火

一张图片

一张图片
是一幅可爱的画面
一个刷牙的女孩
调皮地望着天花板
专注的神情
没有丝毫杂念
十二分的认真
又是十二分的自然

你是在卖萌吗
还是情景再现
抑或是一道随机的问题
求精选的答案
我仔细端详着照片中的你
发现的只是留此存照

并没有背后的隐含

那一刻我真想问你
为什么是刷牙的时候
为什么是侧着的脸
为什么不略施粉黛
把自己打扮得有几分妖艳
虽然还没有见过你
但更应留下一幅
亮丽闪光的照片
这是相识之后的第一印象啊
谁不愿显示漂亮和光鲜

但你就这样
把你的不加修饰
把你的丽质天然
把你的原生状态
以独有的方式发出
让我去品读
你原本的不容改变

从此我不再猜测
你到底是神是仙
因为在我的心中

你散发的幽幽清香

早已胜过艳丽的牡丹

樱桃熟了

樱桃青了,樱桃酸了
樱桃的小嘴努得老高
樱桃的眼神让我心跳

樱桃黄了,樱桃甜了
樱桃没有说话
但樱桃的心思我都知道

樱桃熟了,樱桃笑了
樱桃不停地唱歌
唱的都是我喜欢的调调

樱桃红了,樱桃紫了
樱桃的惆怅在太阳下闪耀
让我的天空雪花飘飘

樱桃落了,樱桃跑了
樱桃的愤怒化作尘埃
使我的世界失去了美好

月牙儿

从你的弯弯月牙儿
我读出了说不尽的情话
她把甜蜜笑意洒满了
我那干渴的山洼

于是我的干渴的山洼里
有了喜庆,有了欢乐
有了善良,有了豁达
甚至有了对美好的敬畏
和对纯真的惧怕

弯弯的月牙儿是两湾
能停泊我漂浮灵魂的圣水啊
清澈透明宁静致远
永远没有风吹浪打

使我早已不奢望激荡的心
有了一次波涛汹涌
汹涌之后便有了
太多太多的欲望
在死亡的茫茫沙漠
生根,吐绿,开花

第一次置身于你的月牙儿之下
奔波了太久的身心
顿时有了千钧之力
所有的枯枝都重新挺拔

一轮弯弯的月牙儿
在我的心空升起满天的彩霞
我知道,对于你
那是自然笑容的自然流露
那是笑到真处的自然抒发
但你可知道我走了漫长的路
看到过世俗的嘲笑
经历过蔑视的冷笑
感受过冷漠的狞笑
遭遇过虚伪的皮笑肉不笑
唯独没有见过谁是真心一笑
笑出两道弯弯的月牙儿

你的弥足珍贵
恰恰不是你的妩媚
而是你的笑容里
不曾隐藏丝毫的虚假
不曾包含任何的欺诈
这正是我多少年梦想的
笑容啊,感谢上苍
给予我如此丰厚的报答

你的弯弯的月牙儿
照亮了我爱的道路
让我明白了
从心灵走向心灵
该从哪里出发

在 乎

都说男人的心太粗
对许多事情都表现得毫不在乎
但我要告诉你我什么都在乎
因为军人的词典里不许失误
我在乎战争结局的胜败
我在乎坚守阵地的坚固
我在乎母亲无言的期待
我在乎季节自然的变速
我还在乎今夜星星是否明亮
我还在乎早晨那醉人的日出
甚至在乎每一滴雨的飘洒
以及风抚摸脸颊时的温度

从一粒灰尘中我能看到高山
从一片白云中我能看到晨露

自从见到你之后我又多了
一种前所未有的细腻
将那三个字喊得热乎乎……

这个夜晚

太阳西去越走越远
终于走成迷人的暮色
我从东方走来越走越近
走近了是一蓬熊熊燃烧的烈火
立交桥左盘右旋总在拉远有限的
距离,而倾听你的脚步的声音
我像听一曲月光下的和弦,缠绵柔和

路灯亮了,点亮的
还有我心中的方向,穿透夜的
帷幕,我看到了你的倩影婀娜
抑制住怦怦心跳,我注视你
像一个在城市待得太久的孩子
凝视田野上突然盛开的花朵

你用微笑回答我太多的提问
其实我是想用话语把你一天的疲惫
击落。这喧哗的闹市布满了灰尘
多少眼睛失去了最初的清澈
只有你清纯的眼睛依然明亮
依然每天从我的心灵划过
照耀得一度干涸的河床
清流激荡波涛汹涌
照耀得一度荒芜的土地
万物复苏生机勃勃

这个夜晚注定要被生命所记忆
因为这个夜晚的星星眸子闪烁
因为这个夜晚的月亮目光羞涩
因为这个夜晚的天空深不可测
因为这个夜晚的幸福属于你我

这个夜晚从路灯点亮开始
一首欢乐的长诗
已经被我久久地朗诵
正在被我一遍遍吟哦

真　想

我真想裁下一片蓝天
为你做成一张生日贺卡
蘸着阳光写下我心中的祝愿
祝你生日快乐
快乐得像天上的鸿雁
展开自由的翅膀
飞向理想的高远
累了就在那座青翠的山峰住下
我已在那里为你筑起
一座童话般的宫殿

我真想擎起一叶白帆
为你折成一张生日贺卡
蘸着大海写下我心中的祝愿
祝你生日快乐

快乐得像长空中的海燕
将每天壮丽的日出
都写成人生不朽的诗篇
你的身后始终有一艘大船
竖起高高的桅杆
我已为你摆开庆功的盛宴

我真想为你送上一园鲜花
花朵像你的微笑一样鲜艳
为采摘它们我走遍世界名山大川
每个花瓣都写上我的祝愿
祝你生日快乐
快乐比阳光更加灿烂
你看到的地方都有光明升起
你走过的地方都充满了人间温暖
在无处不在的芬芳里
我的心永远与你相伴

真想化作一支红色的蜡烛
为你今天的美丽点燃
看你的笑容与我的烛光相融
融合成一句我衷心的祝愿
祝你生日快乐
快乐像空气在生活中弥漫

即使我的生命在火焰中缩短
也要使你的生命光辉灿烂
我知道烛光没有太阳的光芒
但烛光自有烛光的情感

我以一片绿叶的形态
呈现在你鲜花围绕的面前
无论是不是会在艳丽中淹没
我都代表着生机无限
我以绿色的名义祝福你
我的祝福就是你希望的春天
请默默许下你的心愿
像播下种子,明天都会实现
因为这绿色是一个季节的浓缩
铺开来将会有四季的变换

我没有贵重的礼物
只有发自内心的平常语言
你可以看作是精神的大礼
也可以看作是心灵的皇冠
假如你用手去抚摸它的厚度
摸到的一定是一个平面
如果你是用心去感知
看到的将会是锦绣江山

爱,不需要理由

不要问我为什么爱你
因为爱不需要太多的理由
就像活着就要呼吸
就像日月天天在太空行走
就像凤凰总想栖息于梧桐
就像大河日夜都在向东奔流

谁问过人为何需要清新的空气
谁问过树为何把根扎进肥沃的泥土
谁问过禾苗为何渴望阳光和雨露
谁问过花朵为何都在春光里吐秀
没人问,是因答案皆在心头
不说理由其实就是最好的理由

不要问我为什么爱你

从开始爱你我就有了一万个理由
但这些都不足以证明我爱得透彻
因为爱是心中一种美妙的感觉啊
只能留给心用分分秒秒去咀嚼
凡是说出来的都成了多余的借口

人生本来就是个没有理由的过程
像我们都说不清来到人世的理由
既然连自己心的律动都不能掌控
何不给爱一个无际的空间让它充分自由
过去的已经过去,今天还要成为过去
让我们把未来共同分享,你我永不分手

爱你并不是我有意的选择
而是你无意中触动了我情感的琴键
从此便有一支爱的乐曲在人间弹奏
那是我一直都在寻觅的旋律啊
在你美的音韵中陶醉并终生相守
谁能说这是一个过分的要求

爱你,我从没给自己找过理由
想你,我从不给自己制造借口
一切理由都是可以被自己推翻的
世上有多少山盟海誓不被岁月冲走

我就这样默默而执着地爱你到永远
让生命在爱中存在或消失,别无所求

爱 你

为昨天铸造一座墓碑
从此不再回首
在你走去的道路上
我手执倚天长剑
斩断一切拦路的藤蔓和荆棘
削平一切凸出的羁绊和断崖
降伏一切敢于作怪的妖魔和孽障
和叫作狼和类似狼的凶恶与贪婪的猛兽

我是你贴身的铁甲护卫
跃马横刀,腰挎宝剑
雪亮的马刺闪耀着
七月正午烈日的雄性光焰
照射着你款款迈动的脚踝
那是美丽得无数次灼伤我眼睛的地方

无须一声断喝
使狡诈的黑暗向四野惊遁

你前进的方向就是我前进的方向
渴望温暖时我就是高悬于你头顶
并随你而运动的太阳。渴望洁净时
我就是轻托你长裙的皓月
也轻托你如水的幽思

我以猎人的警觉守你入梦
在你梦中的微笑里我沐浴玫瑰香波
畅饮你红唇一样荡漾的葡萄酒
令春情万种的森林
和山峦为你舞蹈
命狂放不驯的波涛汹涌的江河
和大海为你歌唱
鞭挞背叛爱情的囚徒驻足侧目
组成忠诚的花环,欢呼着看你
高傲地一步步登上我心灵的圣坛
为了你的爱,我愿意
与任何妄想和掠夺者决斗
在你的注视下我将永不失败

当你赞许的利刃

无法同情地插入一颗狂妄的心脏
我的红色披风上
写着不可战胜的豪气和威风
信手撩起就是一方天空
能为你挡出一片阴凉
竖起一面英雄的旗帜

亲爱的
当我为昨天铸造一座墓碑时
我已为今天和明天铸成了一柄利剑啊

爱情故事

为自己买一束黄色玫瑰
让思念散发淡淡的香味
花瓣盛开着快乐的心情
舞姿旋转成亮丽的花蕊

寒冷的季节雪花在飞
飞着的还有漫天妩媚
伸出手去轻轻地掬起
晶莹犹如待放的蓓蕾

呼吸着芬芳我想你入睡
梦中有你和我相依相偎
喜悦在温暖中渐渐融化
化一杯美酒咱一饮而醉

深夜的天空依然很黑
痴情的人儿举灯问谁
一觉醒来你仍在远方
任我把故事讲成眼泪

爱上了一个人

因为爱上了一个人
我就爱上了所有的人
所有的男人和女人
所有的大人和孩子
所有的老人和青年人
所有的健康人和残疾人
所有的成功者和失败者
所有的声名显赫的人和普通人
所有的从事脑力劳动的人
和那些在黄土地上出力流汗的人
所有的热恋中的幸福的人
和因为失恋而烦恼失意的人
所有结婚后幸福生活着的人
和因感情破裂而刚刚家庭解体的人
所有的在事业上春风得意的人

和为了生活而奔波终日疲惫的人
那个捡垃圾的妇女我乐意把她
看作我的情人或者是我的母亲
那个素不相识的老汉我把他
当成人间智慧的象征奉为哲人
那个手拿鞭子驱赶羊群的小姑娘
紫红色的脸膛像一朵紫红色的勿忘我
使我久久地凝视并心生感恩
街头的顽童被污渍浸透的衣衫
像一簇五彩斑斓的云霞,拥簇着
那颗可以傲视一切的纯洁童心
面对那个曾经掀翻我过河踏石的同伴
此时我除了会心一笑没有丝毫的憎恨

因为爱上了一个人
我就爱上了这个美丽的世界
爱上世界上一切存在的物质和精神
我爱上了巍峨的山峰低矮的丘陵
我爱上了无际的蓝天飘浮的白云
我爱上了无底的沟壑或黑色的深渊
我爱上了山野的顽石和窗台上的灰尘
我爱上了灿烂的阳光和它背面的阴影
我爱上了漫漫黑夜和它过后的早晨
从每一片叶子上我朗读着绿色的诗行

无论是小草大树还是带刺的松针
从每一粒泥土中我寻找着精神的家园
匍匐于大地我感受着最初的温馨
从每一滴晨露中我看到少女的眸子
清澈得让一切私心都在这里陶冶洗濯
最后变成没有杂质的灵魂
寒冷不再是令人畏惧的
每个雪片都是一幅巧手剪裁的窗花
那是给爱着的人的一封公开的情书
凶猛野兽的凶猛只存在于神话中
在我的眼里它和梅花鹿同样温驯
刮来又刮去的狂风从不停息,它是
上帝为传递我的相思而派来的使者
没有它谁为我掀起夏日的绿色衣襟?
蚊子和苍蝇甚至蟑螂都肩负着特殊使命
它们忙碌不停,它们勤劳而不求功名
它们和蜜蜂一样把信念带给人们

因为爱上了一个人
都因为爱上了一个人
心胸被爱填满
日子被情填满
时间被希望填满
梦境被憧憬填满

我生命的行程被你的美丽装满
所有的道路都笔直延伸
因为我爱上了一个人
都因为我爱上了一个人
爱情让所有的石头都在顷刻之间
化作黄金

爱 人

即使明天我就要出发,
今晚仍然不是沉重的云翳。

爱人啊,
让我们一起朗诵那两句
蓝色的诗行吧!生活
如你无尘无染的晴朗的眼睛,
每天都有太阳深深划过胸前,
点燃爱的熊熊火炬。

夜色如果真是我们浓缩的语言,
它一定会浓缩成大江岸边的雕像,
屹立着永不失望。

风吹来是我粗犷的呼吸。

浪打来是你起伏的陶醉。
静静而又诚实地对心起誓,
说明天微笑着送我起程。

思念就思念成蔷薇花吧,
开满那条弯弯曲曲
却标着心轨的小径,
让久久的凝望化作伫立的栏杆,
通向遥远的回忆的幽境。

我会在每一个拐弯处都写满
——前方,正有一种渴念风急浪涌。

树影在窗外雕刻着月光,
大地正沉浸在蒸腾的梦境。
今夜并不是离情别意的标题,
又何必把所有的诗行都删去呢?
因为诗的结尾写着重逢的日期,
那里有一片玫瑰的彩云,
托一行我们寻找已久的警句。

即使有冗长的思念,
作重重叠叠的铺衬,

你知道,
终会有一个我们执着追求的满月,
展示
希冀。

从 此

曾有过痛苦,痛苦生活
总是像湖水一样地平淡
曾有过苦恼,苦恼生命
总是像尘土一样地平凡
曾有过失意,失意道路
总是像大山一样地崎岖
曾有过灰心,灰心的爱情
总是像风中不散的尘烟

因为那时候你还没有出现
还没有像太阳升起在蓝天
还没有像春风吹绿那原野
还没有像彩虹跨越我心田
苦苦寻觅的目光还没有啊
被你的希望之火怦然点亮

我喝一杯闷酒叹息人生
难道日子就这样毫无波澜

惊喜往往是在意料之外
于夜空劈过的一道闪电
你的突然到来犹如圣光
将平庸无奇的苍茫世界
照耀得连路边的蒲公英
都开始把大地深深热恋
我二十年不变的心情啊
被你一个微笑彻底更换

你在阴雨连绵的日子里
为我带来了阳光的璀璨
你在北风呼啸的深夜中
为我带来了三月的温暖
你用多彩的颜色丰富了
我那单调而孤独的世界
你用你绝无仅有的美丽
为我搭起一座情感宫殿

从此我的心中只剩下赞美
赞美小草用生命染绿春天
从此我的声音只剩下歌唱

歌唱花朵为大地捧出鲜艳
从此我的脚步只剩下欢快
欢快地往返于心与心之间
从此我的眼里只剩下美好
一切美好都是对你的祝愿

村　姑

1

朝霞、晨露

嬉笑、追逐

走过崖壁

那一线奇特的小路

记得那年

暑假的早晨

我们一起去放牧

山坡上

草丛间

彩蝶跟随你

翩翩起舞

你在仔细地寻觅

时仰时俯

采集斑斓的

含露初绽的花朵

而我站在山头

眺望远方起伏的群山

向无数的方向,也向你

向远方的你

深情地凝目

2

太阳爬上山梁

山坳也泛着亮晶晶的光

黄牛缓缓爬过山背

却有点懒意洋洋

偶尔,顺山岗

吹下一阵微风

把绿油油的草尖荡漾

我想唱支山歌

唤来对谷的牧伴

你却不让

无奈我走上崖石

扬起细长的牧鞭
把山谷的回声抽响
你走来对我
也像对远方说
多么响亮
但不是你的声音
是大山为你放开了音量

炎炎烈日
升上头顶
小草也开始收拢巴掌
走吧,该开饭了
大石下的背影里
咱拿出干粮
我的烙馍卷葱
给你你又推回
你打开小手绢儿
递过来烙馍卷糖

野餐
多么浪漫的词语
把咱带向遥远
神秘的向往
我在大口地咀嚼

你在细细地品尝

山坡　山崖
山泉　山溪
溪水淙淙流淌
水去了
晶亮的心
去追求天边的海洋
山站着
草站着
像祝福
像盼望

两条视线
低低地射向
同一朵野花
一朵淡紫色的
勿忘我
山溪还在淙淙流淌

3

无意中
你提起将来

顿时咱都像山石般严肃
我说我要去当军人
去守卫祖国的门户
用青春和忠诚
在天涯海角
铸造自己的威武
而你却说
你爱家乡的青山
爱山坡的花朵
甘愿永做村姑

说罢
共同沉默
沉默,良久
你咯咯地笑了
不要自寻烦恼吧
现在的中心任务
是安心读书

4

牧归
我想让你把手中的花儿
别上黄牛的头颅

你却把手背向身后
莞尔一笑
说花儿虽是野的
但芳香醇美
你突然不说了
留下了两个字
假如……

一片红云
突然升起在你的脸颊
我竟以为是阳光所镀
没想到
那是咱最后一次
在一起放牧
第二天开学
接着学习、毕业
应征、入伍……

5

分别前的夜晚
山脚下
潺潺的溪边
你说你是小溪的流水

扶着我汩汩流过
小小浪花是你含羞的笑靥
轻轻地,扶着我的手臂
扶着我,你说
好一座巍峨的山
你第一次
把乌黑的温柔
靠上我高耸的肩头
慌乱中我暗暗
把前胸鼓满

站立着
我竟以山的威严

真要分别了
要离故土而去
投入滚滚波涛
迎着祖国的召唤
从此我将不再静止
不再自居伟岸
是你山花一般的心
给我以生命的启迪
使我化作江流
以你期望的勇敢

去追求大海
澎湃而丰富的世界
去追求你
我心中的小溪
一座真正的青山

6

如今
每当夜晚来临
天空就升起一颗
最明亮的星
那是你,那是我
那是两颗心
共同的思念……

等你出现

刹那间,夜幕落下
城市的万家灯火隐蔽于
黑色的幕帷之外,唯一的亮色
是你周身发出的炫目光晕
沿世界东方最西边的通衢大道
向我站立的方向一步步坚定延伸

站立着等待你的出现,此时
我真希望高高矮矮的大楼们
化作轻托你裙裾的童男童女
我真希望厚厚薄薄的墙壁们
化作多道轻灵的门随心打开
你迎面扑来像一朵五彩祥云

还有多远还有多远还有多远

虽已是咫尺之隔了我仍在发问
问上上下下的电梯可曾听到你的脚步声
问左左右右的窗口可曾看到你的彩裙
可静静的霓虹用闪烁不定的光告诉我
任何对美丽的等待都一定要有耐心

终于，我闻到了一种芳香由远而近
加快的心跳早出卖了我故作的深沉
挪挪双脚搓搓双手调整成最佳姿态
深深吸口气我想吸尽世间所有埃尘
当风姿绰约的你站在我面前的时候
不知是否感到了我焦渴若沙漠的眼神

点 头

优雅的一次点头
雨和云顿时退后
站在高原的最高处
看阳光满地奔流
秋风于雪山之外
对我蓦然回首
微笑化作草尖尖上的
快乐雨点,让待放的花儿
欲开还羞,欲开还羞

举起崭新的马鞭
在自己的犹豫上用力一抽
红鬃与黑鬃的树林
遮蔽了戈壁滩上的
所有忧愁,只有

马蹄急急的声音
舞起你飞天的长袖

那是天籁般的音乐啊
虽只是一次短暂的演奏
那是醉人的歌唱啊
已将我的胸膛穿透
我大胆地捧起天山瑶池
这杯圣洁的美酒
作今生第一次沉醉
不怕迟落的太阳
笑我这远方来客
绝世风流

端　庄

我的左边有很多人
我的右边有很多人
我的对面是默默的你
安静地看着一片片翕动的
嘴唇，唾沫星子在空中舞蹈
编织着一幅幅无聊的图案
争相表现自我的莫测高深

虔诚的恭维在挑拣恰当的
用语，近似文明的讲述
把一间装潢豪华的房屋
点燃成战火缭绕的烟云
我却透过虚无缥缈的迷障
注视着对面的你，那是
黑暗中一道亮丽的风景

纷纷杂杂中不染一丝红尘

为什么要沉默呢,为什么?
难道不愿用你的清新之气
冲散这满屋的虚假气氛?
我知道我的左边是主人
我知道我的右边是主人
可对面的你同样是主人啊
只有我是远道跋涉而来
你们都习惯于把我叫作客人

你也许不明白,在这众说纷纭中
我最想听的正是你的声音
可在这些人的面前
你却一言不发,只用目光
表达你的存在,那目光
是人间一条清澈的小溪啊
能映照出人和人不同的灵魂

你肯定看透了我的心思
有意回避我无声的提问
但你肯定不会猜到此时的我
心已穿越话语的茂密草丛

快步走向了你不言的森林
星星闪耀的时候,大家
都会离去的,但只有你还在
因为你的端庄已在我心底保存

符 号

黄昏还没有在窗台上栖落。
我们隔着夕阳默然而立。

凝视你纤纤指尖,
蘸殷红的葡萄美酒,
在玻璃上面画少女悲哀的图案,
一个个花环像我忧郁的目光,
挂在她修美的颈项上。

成熟是一枚金黄的果子,
袒露在粉红色的枝头,
平静地迎接收获者的挑衅。

一枝蔷薇,
刚刚开苞的花瓣却已零落纷纷。

血雨淹没了最后一片高地，
旗帜们挽起臂膀，
做缆或虹之状，
却始终没有一根桩与她相依。

你突然将这些图案一把抹去，
不动声色的神情，
分明蕴含着愤怒的波涛啊。

你可以面对我抹掉一种象征性的
符号,但玻璃后面的投影，
你能抹去吗？来吧，
举起手中的高脚酒杯，
碰向黄昏归巢后的定音鼓点。

让我们青春期的血之潮，
浸透今夜不灭的星辰。

扉　页

一本书只翻到扉页
所有的内容都将其省略
没有文字也没有图画
在封面与内文之间
我一遍遍朗读着
你的全部细节

莫说那是一片最大的空白啊
心中精彩纷呈的佳句
在上面印得重重叠叠
我每次翻开都如痴如醉
读你目光里清澈的情韵
犹如喝一壶美酒
小曲就伴随着阳光倾泻
忘记了时间和空间

以及咫尺之外的喧哗
和喧哗背后的大千世界

不论那是一本什么书啊
书中有无相爱的故事
故事里有无曲折的情节
我都会默默去读的
只要它有醉人的扉页
我知道读书的真谛
不是一目十行过目不忘
在无字处读出韵律
才是读书的最高境界

一本书只是一种道具
有了它就可以遮挡
纷纭繁杂的风花雪月
凝视一张白纸我就能够
把对你的思念在瞬间高度浓缩
在我心灵的辽阔广场上
任你辉煌的笑容飞舞成
我生命深处迸发的喜悦

习惯于把忙乱的日子
折成厚厚的一本书

从此不再翻阅
只留这片纯粹而温馨的空白
托起你圣女婀娜的身影
在太阳和月亮升起的地方
将头颅昂成竖琴
为亲爱的弹一曲
只有你我能听懂的音乐

改变方向

从此以后我改变了方向
看你就是那枚不落的太阳
看太阳下的款款伊人
让一座城市熠熠闪光

大漠本来是与我无关的
像大街上的路人擦肩而过
不会留下太深的印象
但今天一切都不同了
我必须要把她放在心上

我要关注她的阴晴圆缺
我要感受她的冬暖夏凉
甚至下意识地把她想起
甚至忙里偷闲将她凝望

因为我的生命突然成了
一棵向你倾斜的树
日日夜夜朝着同一个方向

不是我不小心走进了雪山的记忆
而是那里有了我梦中的姑娘

每天的晨曦还未来临的时候
我已把窗帘悄悄拉开
把所有的玻璃统统擦亮
不让浮尘遮了双眼
我要在第一时间清晰看到
她从五彩缤纷的梦中醒来
亲手掬起黎明的脸庞

露珠还未散落的时候
我要打开所有的门窗
聆听她第一声脚步
怎样轻叩大地的胸膛

我把白云叠成一方手帕
挂在心中神圣的地方
昭然并宣布春天的故事
让嫉妒的风也为她歌唱

千遍万遍的歌声
是我千遍万遍的祝福
都是为了你啊
我梦中的姑娘

给　你

相聚。
苦短。
是因为爱得很甜。

至今留下一个魂牵梦绕的回忆,
打进行囊,无论海角天涯,
伴我夜夜失眠。

总看到你孤单的影子,
伫立于分别的桥头,
长风吹红色衣襟猎猎招展,
却望不回北去的大雁。

我真的不愿离去啊,
四海漂泊尝尽了跋涉的艰辛,

和艰辛的苦辣酸甜。
该好好睡一觉了，
枕着你无风无雨无波无浪
无凶恶和惊悸的臂弯。

忘却已失的日子，
听你唱溪一样透明纯洁
而又执着的情歌，然后，
为你写玫瑰诗篇。

但我早已注定是一曲
别无选择的江水，
必须历尽世上的坎坷，
终生动荡不安。

给你甩下一团剪不断的相思，
缠绕心头，
是我最大的遗憾。

别担心红颜易失，
你的美丽已深深镂进我
永不泯灭的记忆。

年年花儿绽放，

那是我鲜丽夺目的祝愿；
季季飘来细雨，
那是我洒向天空的思念；
月月吹来和风，
那是我专注情深的呼唤；
日日送来阳光，
那是我明媚温柔的爱恋。

既然一切都是无奈的，
犹豫已毫无价值，
即使相隔千山万水，
我也会化作吉祥鸟儿，
为你驱除太浓的寂寞，
为你唱响重逢的欢歌，
为你传递幸福的谶言。

对 面

走上大街已是人满为患
但我却能看到你就在对面
走在春天里百花争奇斗艳
但我能分辨出哪张是你的笑脸
走在黑夜下繁星在天空闪现
但我能认出哪两颗是你的双眼
走在森林中绿叶与绿叶重叠
但我却知道哪一片是你许下的心愿
不是有咱事先的约定啊
而是你就装在我的心间

拿起电话双手微微发颤
我知道电话牵动了心中的线
一串号码手指不敢轻易去点
怕传来的声音有几分幽怨

写好了长信地址又无法判断
不知你此时住在哪座小院
收信人名字虽没有改变
收到信的心情我却不敢随意断言
不是我对自己失去了信心啊
因为你一直是我心中的梦幻

向日葵花随太阳旋转
多情的鱼儿从不浮出水面
日月轮换我只是其中的昙花一现
哪怕短暂也要献给你唯有的灿烂
人生能有多少意料之外
多少意料之外都成了过眼云烟
直到你走进心中之后我才明白
那些无爱的日子是多么孤单
我知道所有的花儿都有芳香
但能令我迷恋的还是你的花瓣

红　叶

没人提议，
也没人犹豫。
走下山顶时，
才知道已进入了幽谷。

红叶与红叶挽起裙摆，
为我们搭起厚厚的帐篷。
远方的喧嚣，
被每棵枫树的皮肤，
过滤得死亡般没有一丝声响。

不远处，
是一条宽阔的马路，
车辆和脚步忍受着爱的饥饿，
来往拼命奔波，

寻找大自然遗漏的原始地。

两片红叶，
自由地合而为一时，
天空的颜色，
忽然大块大块地艳丽起来。

意料之外，
有很多事情在天天发生着。
香山从今天起，
会百倍地妩媚和风流，
她知道她的千树红枫，
不再只是一片秋日的色彩。

蝴 蝶

夏天为你而来
夏天的我为你而来
因知道错过了花季
我捧一片玫瑰海

不要寻找湖畔的旋律
那是一片永恒的等待
墨浓的绿荫泼洒着凉意
那是心儿在澎湃,澎湃

哦,扇动你的金翅吧
让大街流行你的风采
那绚丽那飘舞那柔姿
那笑和姗姗若去的欢快

太阳搭一条灿烂长廊
常春藤的触须急剧伸开
风噙着柳叶吹响口哨
将所有的红灯全都破坏

冰激凌一把撕碎衣衫
袒露夏天酥润的胸怀
顽童因羞涩而跳进湖水
让沉静激动起雪浪千排

就这样栖落于我的枝头
栖落于我心中的玫瑰海
因知道错过了花季
我敢对夏天表白

幸福的记号

不用书写,也不用镌刻
一个记号在不知不觉中诞生

诞生在黎明的晨曦之中
诞生在晨曦的光影之中
那时太阳还在大海的襁褓里
熟睡,朦胧的夜色
正在窗外作最后的舞蹈
一扇门悄悄开启,门和窗
在瞬间的对视中露出微笑

一种气息扑面而来
沉醉的感觉风卷波涛
星星那双调皮的眼睛
闪动着神秘的睫毛

仿佛在说我们此时心动的频率
它都知道,它早就知道

但我却不敢面对一树玫瑰
来一次忘情的拥抱
因为在曾经经历的渴望中
如此突然地降临大富大贵
还没有过一丝一毫的先兆

血在沸腾中涌动
情在黑暗中燃烧
手指与琴键瞬间吻合
音乐就流动成初夏的狂草
轻轻地你在指引我的路途
重重地我在寻找你的坐标
而在黎明的匆忙脚步里
我却忘了霞光是最后的暗示
只将感动化作生命的祈祷

那一刻大地为之动容了
那一刻天空为之动情了
那一刻我为之忘记了日月的存在
那一刻你却留下了
与日月同样永不泯灭的符号

肩　膀

二十岁的胸膛，
已是一道阻风遏雨的长城。
二十岁的肩膀，
已是两座高高耸峙的烽火台。

靠上去吧，
但不要以云的轻薄，
擦去我满身的风尘，
而后便悄然飘失，
留下无声无息的忧伤。

靠上去吧，
但不要以雪的柔弱，
冷落我膨胀的热情，
在阳光的嘲笑中，

化一滴冰凉的泪水。

靠上去吧,
但不要以月的肤浅,
照耀我厚重的信念,
让一个苍白无趣的故事,
在情人间久久流传。

靠上去吧,
但不要以花的虚伪,
装饰我袒露的严峻,
使雨露误认为春的季节,
逃避我干渴的根须。

以真实的你和你真实的情感,
靠上去。以你的任性
和你任性的爱靠上去。

二十岁的胸膛,
不再是怯懦的山峦。
二十岁的肩膀,
不再被霹雳所摇撼。
天塌和地陷都不会惊扰我
蒲公英样的梦。只要

靠在我肩膀上的，
不再是哭泣的你。

经　过

为明天铸造一座墓碑，
从此不再回首。

打破虚伪的晨岚暮霭，
去拥抱敞开胸怀的
多情原野，四肢伸展
躺在她芳香的胸脯上，
看白云痴痴寻找流水，
听野花娇羞地喁喁私语。

双目微闭，
去感觉她脉搏里
跳动的故事，
紫云英在我身边恣意开放，
野百合默默注视牧羊童

与采花女携手走过。

她以少妇的温情,
轻摇我进入梦域,
我化成了鲜嫩洁白的蘑菇,
被你俯身捡起,
放进胸前的箩筐。

在这里我窥到了你
从未暴露过的秘密。
当我被西沉的日落碰醒,
发现你的手指,
深深插进我蓬乱的短发,
目光愈垂愈低……

晶莹的叶片

两片叶子被风吹动
摇醒我轻盈的梦
远方是熟悉的身影
像雨像雾又像风
从什么时候开始的
起点是远在天涯还是
近在咫尺,我已无法看清
但我知道东边是海,是那种
任波浪恣意翻滚的大海
海边的城市缺少阳刚
也缺少让人徘徊不定的风景

海上有海市蜃楼
传说着许多虚无缥缈的事情

然而，你的身影和你的走来
是触目惊心的事实
我看到整座城市都因此
充满了前所未有的风情

迎着你像迎着初升的太阳
我把手臂张成贪婪的海岸
我站立着却迟迟不敢向前
去面对那一树神圣的风铃
汗水像阳光的流苏挂满枝头
那是我武装了千百次的灵魂啊
有万千种肮脏也有千万种高尚
唯独没有虚伪的情感
将圣洁的存在斗胆嘲弄

走近以后我才发现
撞醒我梦的叶子
是一双含情脉脉的眼睛
大胆里透着怯羞
柔和中又不掩饰冲动
只是那两汪泉水太清澈了
让我这尾不知什么是约束的鱼儿
一不小心就落入网中

九月桃花

九月有菊,世人皆知
菊开九月,万事不离
但在九月的天山之麓
我看见一枝桃花盛开
盛开在瑟瑟的秋风里

花瓣粉白,娇嫩可人
遍野秋黄,唯她俏丽
为何反了春的季节啊
难道你不明白不久后
就有肆无忌惮的寒冷
要降落在这西北大地

桃花情痴,不依不饶
烂漫灿笑,倔强欢愉

忘了尺丈之外黄沙滩
蓬蓬勃勃的沙棘如蒺
如一簇簇燃烧的烈焰
明目张胆地发射妒忌

盛开是花,艳而不俗
通身祥瑞,落落无欺
无意中听到落叶嗰嗰
嗤笑我一个中原男子
翻道道岭又越座座山
竟猜不出花开和花落
都有含而不露的深意

花儿依旧,星月羞闭
花不避人,人何逃避
再抬头看那端庄桃花
我却先自失去了勇气
眼睑轻轻地向下一耷
花的蕊开满心中馥郁

睫

不说话的时候
轻轻往下一拉
像一道黑天鹅绒般的幕帷
挡住了前面的张望
和后面想张望的地方
红红的脸庞就被遮住了
细细的声音就被遮住了
轻轻的叹息就被遮住了
怯怯的目光就被遮住了
汪汪的红唇就被遮住了
浅浅的暧昧就被遮住了
深深的歉意就被遮住了
柔柔的放肆就被遮住了
淡淡的惆怅就被遮住了
浓浓的徜徨就被遮住了

轻轻地往下一拉
这是不说话的时候

忽闪忽闪,然后如一道蓝光闪过
快速掀起透明的流穗
像忽然打开一扇宫殿的大门
使想进去的在那一瞬间却步
使不想驻足的在那一刻凝目
亮亮的心境就被打开了
静静的沉思就被打开了
厚厚的陌生就被打开了
薄薄的浮纱就被打开了
懒懒的慵倦就被打开了
绵绵的芬芳就被打开了
苦苦的寻觅就被打开了
纷纷的意念就被打开了
纯纯的关爱就被打开了
突突的不安就被打开了
甜甜的生活就被打开了
快速掀起透明的流穗
这无疑是想说话的时候

看似比毛发细小
却有着非常多的用途

既能让男人疯狂

又能让世界破碎

结　果

不用点头也不用摇头
拒绝与迎接都是拥有

来的是因为注定要来
走的是因为注定要走
命运的锁链都是自己
铸造,何必把不可能
去痴痴寻觅苦苦追求

你是一朵艳丽的鲜花
傲然绽放在春的枝头
即使身边还寒风料峭
也难阻止你天香依旧
初次相识我就预感到
我那漂泊无常的脚步

会被你爱的驿站挽留

因此我们才总能相见
因此我们又总是分手
读你目光里的天空啊
让相见变得晶莹剔透
饮你眸子里的晨露啊
使分别变得甘甜可口

每次都笑着推你远去
每次都哭在转身之后
不知道疲倦的是思绪
常被起伏的情感搓捻
时而向南又时而向北
时而向东又时而向西
却不知道哪儿是尽头

结果往往是如此短暂
就像暴风雨迅来速走
过程往往是这样漫长
就像春蚕在吐丝作茧
然而就是短暂的结果
却让我回味很久很久
而漫长的过程却被我

一次次轻易地忽略了
甚至记不起曾经忧愁

酒　杯

浅浅一笑将酒杯斟满
没有痛饮先已沉醉
因为斟满的不是琼浆玉液
而是你的大珍之美
因为端起的不是高脚酒杯
而是你的天生娇媚

为了这杯酒我甘愿漂泊
流浪四海去追寻高贵
即使沙滩上留不下执着的脚印
即使波涛间写不出万丈雄心
即使崇山峻岭记不起匆匆身影
即使茫茫大漠听不到切切心声
我会对蓝天大地说决不后悔

决不后悔。风餐露宿
骨肉垮了但心不会疲惫
只要有你那一杯酒
湿润过的太阳的光辉
只要有你那浅浅的笑
举起的无尽的回味
只要有你那深深一望
刻下的岁月抹不去的安慰
只要有你那夺目的美丽
笼罩的日月轮回

我不是为酒而活着
但一醉方休我必须体会
因为从你的身上我知道了
能入心的才是最醇的酒
能盛笑的才是最好的杯啊

开　始

我知道有开始就会有结束
我知道结束总是在开始之后
我知道故事都在开始与结束之间
我知道是故事都有自己的结构

有的人最难忘的是故事的开始
有的人想铭记的是故事的结束
有的人开始和结束都已忘记了
而故事的所有细节却终生不丢

到底是什么更为重要
各人有各人的记忆需求
对于我自己的故事
至今还没找到哪儿是开头

因为故事开始时
心中已经预谋了很久很久
每一个精彩的瞬间
都是我设计好的步骤

故事的发展同样有前有后
展开与浓缩全看情感的节奏
该张扬时我让世界为我放歌
该抑制时我让大海紧闭咽喉

尽管故事开始时的迫切
令我心跳加快声音颤抖
但故事发展中的惊喜
更让我惶恐无措不敢轻易伸手

我喜欢故事的开始
一层神秘的面纱欲揭还羞
我喜欢故事的展开
火辣辣的胸怀常纵情难收

我喜欢故事的结尾
意犹未尽任思绪四海奔走
我喜欢故事与故事相连
我和你始终在故事里头

有故事的人很多
但不一定都能走进故事
没故事的人很少
也未必不为故事犯愁

我的故事都是从你开始的啊
所以我用心把你挽留
直到有一天故事长成了参天大树
我们的故事就有了存在的理由

渴 望

渴望是经久不息的折磨
时近时远总无法逃脱
我一次次悄悄询问自己
磨难的最后是什么结果
始终没有人回答,就像
生活中的许多疑问都没有答案
但不回答我心依然知道
承受磨难是为了曾经拥有的
——那一刻

那一刻怎能忘却——
生命的绿叶被漫天的阳光
覆盖,温暖如潮从远方涌来
把我打包成一个幸福的包裹
在波涛汹涌中去感受激荡的快感

穿越身体的每一个细胞
滋润生命的每一个角落

那一刻无法忘却——
你的美丽如闪闪发光的利刃
就那样迅速而剧烈地划进了
我的五脏六腑我的肌肉骨骼
来不及呼唤就有彩霞升起
来不及呻吟就有白云飘落
来不及默许就有风卷残叶
来不及承受就已天地重合
甚至来不及疼痛
甚至来不及抚摸
甚至来不及找到一个稳固的支点
托起日思夜想的沉重
情感的泉水已泛滥成河

那一刻不能忘却——
像不能忘却你的湿润
像不能忘却你的温热
像不能忘却你的柔和
一切想象中的纯洁
都不能将你简略概括
一切想象不到的美好

都无法形容你

随意流露的秋波

转瞬之间铸造的永恒

已升起天空不灭的星座

日夜流泻的光泽

使我从此不再饥渴

第二辑　暗香

来来往往

火车把我送来
火车又把我带走
城市与城市像水
火车是漂流的小舟

渴望是拨浪的双桨
心儿像忙碌的蜉蝣
明知道没有永久的港湾
还要寻找固定的码头

疲惫的是血肉筋骨
愉悦的是精神追求
在疲惫与愉悦之外
从未想过风狂雨骤

来时激动像跳动的浪花
快乐在心海奔流
连一闪而过的荒芜田野
都舞起飞天长袖

走时忧伤像一壶雾水
洒湿了傍晚的枝头
霞光的余晖轻叩着心扉
回忆像一双不安分的小手

来时我是面朝东方
太阳的笑脸刚刚吐露
大地万物与我的思绪一样
飞扬着升腾的念头

走时我是面朝西方
虽然留恋却并不忧愁
因为我的一颗心呀
已经被你的芳香浸透

我知道今天走了明天还会来的
就如昨天来了今天必然要走
所以火车与站台
都是我最忠诚的朋友

歌儿无论伤感还是欢乐
都有车轮的真情伴奏
话语无论说出或沉默
都有铁轨把秘密坚守

上车了,思念是出发的汽笛
下车了,相聚是分别的等候
而在匆匆奔驰的列车上
你的爱是我始终相望的窗口

列车启动之前

一层透明的玻璃
隔开了我和你
你从车上向我张望
我在月台向你示意
虽然听不到彼此的声音
但谁都知道此刻的含义

列车就要启动
我怎忍心转身离去
即使只有深情的注视
对心灵也是莫大的慰藉

玻璃虽然将声音阻隔了
还有你词汇丰富的笑容
是什么都不能阻隔的

那是世界都在渴望的美丽

既然不能长时间地挽留
我就一次次地与你分离
不管列车走向何方
车轮都是沿着心的轨迹
即使我的胸怀如海一样宽阔
那所有的空间
也都被你迷人的身体所占据

目不转睛地盯住玻璃
玻璃后面那双眼睛
正在漫不经心间
刺透我发达的胸肌
那是无奈与柔情的利刃啊
四射的锋芒轻易就穿破了
那层风雨不入的玻璃

是你要走的,是我要送的
而看惯了生死离别的月台
不知可将今天的情景铭记
玻璃之内欲说无声
玻璃之外欲声无说
沉重的分别变成了滑稽的手语

望着你纤弱的身影

想象你旅途的孤寂

在以后的漫漫长路上

没有宽广的肩膀相依

如一只飞进黑暗的小鸟

找不到鸣唱的和弦

而我却无能为力

我真想跳上列车

和你一同前去

迎接扑面而来的春风

把太阳从你肩头捧起

让笑声与笑脸相伴

抵达最后的目的地

但此刻我却只能站着

等待列车启动

等待和车上的你最后挥手

然后将失意装进心里

真要感谢那层玻璃呢

使我重复的祝愿有了新意

也把最后的冲动阻挡在外
只能舞动一双多情的手臂

美　妙

一种语言说不出的感觉
像彩云般日夜在心头缠绕
一种文字写不出的境界
像大海般不停地掀起波涛
一种七彩画不出的颜色
像阳光般跳起心灵的舞蹈
一种歌儿唱不出的韵律
像天籁般萦回在梦的树梢
一种眼睛读不完的优雅
像《圣经》般把茫茫世界笼罩
哦，美妙
在人世间最彰显的地方
你不用费尽心机去寻找
如果你心中没有圣洁的祭坛
找到了你也不能捧起

捧起了你也无法获取
她天生丽质的一丝一毫

看过之后你会过目不忘
听过之后你会手舞足蹈
触摸之后你会久久陶醉
不是没经过甘霖的滋润
而是没受过干涸的煎熬
不是没享受过阳光的灿烂
而是没亲历过阴雨的浸泡
不是迈开的双脚都能奔跑
不是张开的手臂都能拥抱
无论她的神情多么平静
都有发现者忘形的惊喜
在她的面前终生倾倒
哦,美妙
和泥土在一起她是黄金
和黄金在一起她是太阳
和太阳在一起她是微笑
不同的人有不同的审美取向
但她绝不讨好取向而屈身折腰
因为她知道她的价值不是取悦
而是让人们把忧郁忘掉

梦中的雨

在梦中你是雨
无声地飘落在我的心海
花瓣上没有水珠
只有吉祥的云彩
伸出手想接住你的透明
手掌里却落下一片等待
于是我仰起头一饮而尽
将你的美丽,你的可爱

你是我梦中的雨
一次次淋湿了梦中情怀
我知道你的柔姿
不是为我而舞
你的倾诉也不是为我
把一页页如诗的记忆打开

但你已化作剔透的精灵
使我单调的梦有了鲜艳色彩

真想问一声你的名字
真想问一声你从哪里来
可我始终没有开口
因为我宁愿把宇宙
都想成你的家
那样无论我走到哪里
梦中的你都无处不在

梦中有雨之后
我的生命就开始一反常态
把原本形状各异的思绪
都捏成同一种容器
放上了用渴望铸造的平台
梦中的雨也许永远只是祥云
但对雨的期待
我将从此不再更改

那个地方

那个地方是很远的地方
天空与大地亲密地接壤
在那里行走会有孤单层层包围
因为四周是无边无际的空旷

我这是第一次到那里远行
心中充满了许多期待和遐想
一个人站在浩瀚的大漠边沿
最想的是长出两只巨大翅膀

寂寞亲切地在胸前抚摸
过度的热情让我产生阵阵恐慌
白云大团大团地在空中悬浮
让我分不清是在天上还是地上

偶尔有羊群在远处缓缓浮动
携古老的传说令我倍感彷徨
也有骑马的少年从身旁疾驰而过
不知是否要追那放牧的姑娘

别问我为了追寻什么而去
那神话般很远很远的地方
只因为我要寻找远方那一双
曾在瞬间照亮我生命的目光

为了能到那个地方，我情愿
放弃金钱和名利打起的行囊
不惜赤裸双足蹚过荆棘丛生的小路
穿越苦难与艰辛搭起的长廊

你是海

你是海,是海,是海
这声音从心的深处
声声紧逼,向我涌来
从未相信过地球无涯
像从未相信过人的思念
也能堆成连绵不绝的山脉
当你以云的轻盈飘来时
我还庆幸找到了多年的期待

但我越来越觉得
白云只是我最初的想象
而你的真正存在
是一片一望无际的大海
你的美丽是海的波浪
无人可以重复可以更改

你的热情是海的激荡
日夜都在涨潮都在澎湃
你的心胸像海般宽阔
一次次容纳我自私的爱
你的笑是海的花朵
常开常新,永远不败
你的话语是海的低诉
韵律四溢,漾我胸怀
你的秀发像海的思绪
散发着诗的意味歌的天籁
你的温柔是海的希望
把我的躯体一遍遍覆盖
你的曲线是大海的乐谱
呈现出销人魂魄的体态
你的想象像海一样丰富
让我在欢乐中享受愉快
你的爱是大海的深思
无声中孕育着火焰的风采

你的一声呼吸
隐藏着大海的气派
你的一次回眸
告诉我大海的明快
你的一个手势

抚平了大海的嗔怪
你的一抹鲜艳
让大海生发无限感慨

你是大海
你是我的大海
你是所有大海的主宰
在你的怀抱里扬帆远航
从此我拥有了蔚蓝色的未来
即使有一天我在你的海水里沉没
沉没之时我也将双臂热烈张开

那时候

那时候,
我们无忧无虑。

那时候,
我们不懂得珍惜。

那时候,
我们拥有同一座校园。

那时候,
把多少暗示都当成玩笑,
夹进书页里。

那时候,
我们用太多太多的梦幻

和欢乐,把自己
塑造成万能的上帝。

那时候,
我们有璀璨的向往,
和刚刚喷薄正在旺盛的太阳,
照耀着很小的年纪。

那时候,
把隐约的心事,
唱成洁白洁白的云。
飘在广袤的天空,
偷看春天的风景,
而敏捷的双脚,
常忘记脚下的土地。

那时候,
手拉手走过早晨的长廊,
没想到人与人之间,
还会产生不能重逢的距离。

那时候的一切,
我们,
我们都不曾在意。

如今只剩下悔恨和惋惜。

一封长信,蘸干了
无数盘月亮的光辉。
写满了一个又一个季节,
如今却不知道你的地址,
望着一个个绿色的邮筒,
此情却无法相寄。

不敢重回校园,
寻找林荫弯道,
怕捡起遗落的情愫,
传出你嘤嘤的哭泣。

每当孤独和失意时,
我便打开少年时的课本,
重读你娟秀的眉批。

恨只恨爱得朦胧,
在不能相爱时日渐清晰。

那一刻

那一刻,我心中的雪山崩溃
万年冰川融成一江滔滔春水
巨浪淹没了干渴已久的高原
无边的沙漠里盛开出鲜艳的玫瑰

意外吗?曾几何时我的希望
被岁月销蚀,为了寻找一次
彻夜不眠,我走遍了大江南北
但残酷的现实让我至今
一无所获,只看到世俗的土壤
催发出一片片媚俗的花蕾

告别时我是仓皇而逃的
只有这样才能脱离纷杂和喧嚣
因为不甘心在平淡无奇之中

万念俱灰,一路匆匆西行
行囊只是一个简单的愿望
日夜兼程,目的只是一次
寻找激情对肉体的回归

我要看一眼雪山雪莲,如何
把一身的冰清玉洁举向蓝天
把一个万世不染的名字
高举得不亢不卑,即使从此后
像众多生灵一样
在无声无息中度过,我也满足了
别人的跌宕起伏
对我都可以无所谓、无所谓

但你出现了,突然而必然
仿佛对我的到来早有准备
那时我刚看过大漠孤烟,我知道
那是一颗颗焦渴无奈的沙粒啊
无奈之中欲展翅高飞
而我是一颗始终无法腾起的沙子
无意中被你纯情无俗的一个眼神
燃烧成草原上的篝火一堆

熔化吧

我对大漠说,只要你能解除
三百六十五天思念的滋味
熔化吧
我对长风说,只要你能滋润
春夏秋冬干渴枯燥的心扉

难忘恬淡

在你不知不觉中,
我已被深深地震撼。

为你在竞相璀璨的舞台上,
独守那份宁静和恬淡。

有多少支蜡烛就有多少张面孔
在寻找舞会的伴侣,
而你坐在角落里,
手中的蜡烛始终没有点亮。

是不想照亮自己,
还是要衬托他人的灿烂?
看轰轰烈烈的脚步,
踩乱了青春的节奏,

魔幻彩灯闪烁着,
心灵深处疯狂的鼓点。

我谢绝所有的暗示,
而稳坐不动,品味你
超凡的脱俗的自然。

你是看透了世间红尘,
还是要在红尘中出淤泥而不染?
或许那喧嚣那躁动那烦扰,
从未走入过你心灵的空间。

一份宁静,
便可抗拒乍起的秋风,
任落叶纷纭。
一份恬淡,
便可使生命的天空无限蔚蓝。

不敢正视你,
是因我心中有太多的杂念。

你的爱

站在窗前　看小鸟偶然从空中飞过
心头蓦然升起一股暖流
像一种从未有过的感觉
那深蓝色的翅膀让我想起了你
亲爱的,那次匆匆告别之后
你可曾唱那支欢乐的情歌

拥有你的日子我便拥有了快乐
尽管有聚散不定　思念是一条
永远流不完的长河　但你的身影
已铸成我心中唯一的风景
亲爱的　每次幸福地重逢
我都将生命燃成旺盛的篝火

世界上的桥梁纵横交错

但只有一座桥在我的心中架设
桥的这头是我对你真诚的祝福
桥的那头是你弥漫芳香的诱惑
亲爱的　你可见这大桥之上的脚印
那是我收获的一粒粒硕果

生活中的真情像城市的鸟儿
已只能在窗前偶尔飞过
人人都想付出很少得到很多
但我的情感是永不回头的黄河水啊
亲爱的　东方是我矢志不渝的流向
不管要经历多少惊险多少坎坷

也许美的标准各有不同
但你就是我最美丽的星座
真实与自然不加掩饰地流露
从我第一次发现便彻夜彻夜地思念
亲爱的　魅力是心灵深处迸出的火花
无论你是否愿意它都会闪烁

我不知道飞走的小鸟可会重新飞来
在我的窗台小憩小住或筑巢建窝
但从窗口照射进来的七彩阳光
已张开了我永远渴望飞翔的翅膀

亲爱的　让我忘情伸出的双臂
去拥抱你含笑不语的羞涩

我时常责怪自己曾经蹉跎岁月
我时常庆幸自己没有将你错过
我时常询问自己若不是那偶然相遇
苦苦追求寻觅的凤凰能否在梦中栖落
亲爱的　不是谁的梦想都能成真
也不是成真的梦都有丽音秀色

早晨醒来我首先要感谢太阳
给大地万物带来生机勃勃
夜幕降临我依然感谢星辰
让所有失眠的眼睛都荡起秋波
亲爱的　我从不在你面前表达谢意
因为你的爱是我奋发向上的依托

你在山的那边

我是出发在一个夜晚
去翻越那座思念的高山
山的构架连绵又起伏
每一道深深的皱褶里
都储藏着不可预期的危险
但我没有回头
去顾及一路上陌生的劝告
只低头躬身向上攀登
我的目的地是山的那边

脚下的千山万水
举起我破浪的小船
帆影藏在希望之后
爱情是我不倒的桅杆
我把山峰都看成小溪浪花

洗去我双脚的疲倦
因为我知道山的那边
正奔腾着我久已渴望的清泉

翻山的所有过程
是我接受折磨的漫长过程
一路经历幸福
也在历经多情的苦难
毅力被纳成脚下的千层底
耐心却不会被磨成碎片
为了情感的汹涌波澜
我必须先克服山的阻拦
将路铺向山的那边
铺向我日思夜想的笑脸

山的这边与山的那边
其实就在咫尺之间
而走近你的道路啊
为何要被这么多的大山隔断
你知道山是不能隔断相思的
只因你是我永恒的信念
有山我就要去不停地攀登
只要你一直站在山的那边

为了我爱的玫瑰

我爱的玫瑰啊

你娇艳的花瓣

在蓝天之下恣意绽放

让多少人为之倾倒

又让多少人为之赞叹

而只有我的爱是默默无声的

沉默得如同一棵

历经沧桑的古树

如同古树下的那块

已经等待了千年的褐色陨石

还在耐心地等待,等待

在繁闹和喧哗之后

托起你疲惫的裙裾

我知道为了我的爱

和我深深爱着的玫瑰
我要做的不是应声附和
不是喊出多少华丽的辞藻
而是首先承担对你的责任
聚集起足以呵护你的力量
和包容你娇艳也包容你
眼泪与过失的博大胸襟

当我爱你花瓣的明丽时
会对你偶尔的枯叶加倍珍视
会对你自然的败枝加倍珍视
会对你花瓣之上的小小黑斑
加倍珍视，会对你身上
能刺伤别人也能捍卫自己
又常常被人诅咒的刺加倍珍视
让你每一根毕露的锋芒
因我的珍视而更加锐利

我会将你的每一片叶子
在太阳升起之前洒满晶莹的晨露
让清晨的所有阳光
都不敢放肆地歌唱
甚至不敢大声地呼吸
在你欲滴的露珠中

虚伪者原形毕露

残忍者立地成佛

懦弱者爆发出无敌的力量

不轨者从此弃恶向善

我会用热情抚慰腊月的寒风

改变它亘古以来不羁的个性

我会用耐心说服夏日的暴雨

柔化它自幼养成的狂躁脾气

我会用灵魂过滤被污染的空气

净化白云与蓝天的质地

在你还不曾知道的时候

看见与看不见的困扰

感到与感不到的烦忧

都如日月自然交替一样

无声无息地被排除在外

而我仍像千年古树或万年陨石

安心而执着地等待

生命的欢歌

爱你就说爱你,别把爱埋在心里,
恨你就说恨你,别让恨伤害自己,
彼此的姓名我们无须用心牢记,
只要把目光里装满相同的欣喜,
为了分享快乐我们走到了一起,
无论成功还是失败都不要叹息。

想笑就笑,笑得像阳光灿烂美丽,
想哭就哭,哭得让大地洒满泪滴,
赛场上的较量输赢都别太在意,
从此后我们的心与心没有距离。
走进北京你就已经赢得了胜利,
生命的欢歌是世界上最美的旋律。

时　光

孩提时常盼望着长大——
每天早晨，
去最高最险的山峰上，
采摘一束野性的玫瑰花，
放在你未醒的窗台上，
偷偷看你开窗……

长大了又常忆恋童年——
没有猜疑和妒忌，
拉着手儿走过大人的目光，
把内心的喜欢，
大声唱给飞舞的瀑布，
将所有的话儿省略……

太阳每天依旧

翻过那道村前的山冈，
照在古老的梧桐树上，
我却只能远远地看你，
我怕你倏地转身，
乜起陌生的眼神。

时光是任何人
都无可奈何的流水，
难道我也无奈我自己？

河心的脚踏石，
早已被山洪无情地淹没了，
是因为你再不怕失足滑倒，
而溅湿彩色的裙裾。

你甚至没回头一望，
就走进了霞光的怀抱，
除那秀发高扬了一下，
最后的印象，以后的世界
只剩那儿歌伴我重新踩出一条
心灵的路。但从未让童年的乐园
荒芜过，就像滔滔大江
冰清玉洁的源头，那是生命

最初的情愫啊。

今天我对自己说,
时光是水,也是雕塑。

思　念

思念的早晨让心空旷
思念的上午让人彷徨
思念的午后让情惆怅
思念的夜晚让爱癫狂
亲爱的,你在哪里啊？我为何
总看不清你美丽脸庞？
我知道你就在那个地方
离我很近,近得有纤纤玉指
常来叩我窗棂,近得
你的笑容和我的血液一起
流淌。可你又是那样遥远
远得太阳听不到你的消息
匆匆脚步从东到西来来往往
无奈洒下一路零碎的阳光
不知它可告诉过你,我的思念

像春天的森林一天天疯长
枝伸向蓝天，根扎进土壤

天路迢迢我们天各一方
太多的山水使我们只能彼此遥想
我已将思念变作一张白纸
在上面画出大河滔滔小溪潺潺
在上面画出山峰巍巍沟壑长长
甚至画上大漠沙海无遮无拦
甚至画上戈壁滩铺满原始荒凉
然后我用思念的时光开始折叠
像折叠那个我们共同许下的心愿
把距离折叠成最短的诗行
你在开端打一个蝴蝶结
我在末尾盖一枚红印章
一声朗读就有山水大片消失
一句吟诵就有相思插上翅膀
思念让天涯瞬间变成咫尺
喜欢使苦水眨眼化作琼浆

世界因为我的思念而缩小了
小得只有你和我守一间中国式的
瓦房，吉祥草长满庭院
万年青把弯弯小路无限延长

一架古典的纺车将最后一根棉纱
纺成像思念一样绵长的丝线
将地球一圈又一圈地捆绑
怨恨从此绝迹,责难从此绝迹
烦恼的花朵一次性枯萎,从此
再没有恶意或善意的中伤
面对朝阳读唐诗宋词
读人间的花好月圆情意昭彰
思念的藤蔓蘸着晨曦恣意挥洒
洒在东南西北一幅幅大篆狂草
在以后的所有日子里龙凤呈祥
在之后的所有季节里豪情激荡

天边有霞,霞为霓裳
望霞而叹,暗自神伤
挤过北京城的熙熙攘攘
我把长安街的所有灯火统统点亮
我明白这如炬的灯火仍无法将你的
身影映射,但你一定能够感到
有一个生命因你的出现而彻夜辉煌
云腾致雨,露结为霜
思因情动,念在心上
即使天边不能放下它遥远的架子
让我为你放声高唱,我依旧

会把你给我的那粒沙子握在手中
像珍惜我那个为你跳动的心脏
因为我坚信我的思念尽头
有你冉冉上升的成群霞光

天使女孩

我走过的地方已经遗忘
我要走的地方还很漫长
走过的地方是否还要重走
要走的地方是否可以设想

我知道有很多事情
不是意志可以左右
不是意愿可以改变
不是脚步可以丈量
但这些在我心中已不重要
重要的是一位天使女孩
用她那乌溜溜的黑眼珠
击中了我的心房

我的路从此不再孤单

崎岖与坎坷也如同寻常
因为她的笑脸
像蒲公英般飞满了我的天空
在我的周身也盛开着她
调皮又可爱的目光

还要去旅行的,天南海北
都是我要去的地方
路途远近都不再有疲惫
她为我放下了沉重的行囊
有她在我就不会饥饿
有她在我就不会烦恼
有她在我就不会失败
有她在我就不会惆怅
有她在我就不会错过春天
蝴蝶和蜜蜂往返的山坡
有她在我就不会迷失来时的路
有她在我就有了不落的太阳

她离我很远,在水一方
她距我很近,常触目光
匆匆步履她像我脚下的土地
给我坚定的信念
抹一层朴素与芬芳

飘然身影像我面前的炊烟
给我跃动的力量
增添无限快乐和希望

激流中的红色踏石
是她悄悄伸出的手掌
她托起的是我的脚步
燃烧的却是我的理想
夜晚的繁星总有一颗
闪耀着与众不同的光芒
那是她智慧与善良的眼睛
为我点一盏长明的灯
把心中所有的夜晚照亮

我的天使女孩啊
我知道她不是为我
才来到这个世界上
但在茫茫人海芸芸众生中
却让我成为幸运的篇章
每一个字符都被她洗涤
每一个情节都被她歌唱
每一个故事都被她渲染
每一个标题都被她镀光
每一个很细小的心思

都被她搓捻成斑斓的丝线

编一串多彩的流苏

挂在天的中央

天 堂

谁都知道天堂没路
进入天堂并不靠匆匆脚步
天堂是一种美丽想象
无论你从哪里出发
无论你在哪里停顿
都会畏惧那遥不可及的征途

寻找从春天开始
一路奔跑着
去把那梦中的彩云追逐
无意中我走进了一地阳光
炫目与颤动在突然之间
就包围了眼前的天幕
距离是如此之近
血脉与血脉在同时涤荡着

我心灵那一片被思念
曾经揉搓曾经滋润的风度

我以前听说过有绅士存在
但我只是个世间凡夫
我以勇士的拼命精神
奋不顾身就跳入了七彩峡谷
被云托着被岚捧着
轻烟缭绕在我的渴望深处
轻轻地,我在呼唤着一个名字
一遍遍地,像耳语又像心声
我想让天下人都能感受到
但最终感受到的却只有
随风摆动的淡青色窗帘
和彼此被汗水浸湿的皮肤

我的头顶着一头蓬乱的黑发
毫无顾忌地向后靠去
不管是山峰还是巨浪
此刻我都不去在乎
因为你的大珍之美
铺就了天地间无边的温柔
即使是你早已设置的万丈深渊
我也情愿在这深渊里

粉——身——碎——骨

同 行

说好的,
我们同时起程,
说好的,
我们一路同行。

早已过了相约的日子,
我还在等你匆匆赶来,
去追赶太阳遗落的梦。

等奇迹突然出现,
我筑起一座山峦,
有条小路通向峰顶。

等喜悦姗姗来临,
我拉平起伏的大道,

极目之处,
镀金的天空万里辉煌,
挂起永恒的背景。

而你却独自走了。
匆忙的脚步行进在,
我们同心设计的道路上,
甚至没留下一串可辨的脚印,
标识你疏忽的心迹,
为我挂一盏调航的灯。

真不知在那漫长的旅行线上,
你形单影只,
用什么驱除长藤样的孤寂,
用什么陪伴凄伤的脚步。

你若真是逃避我心的追求,
我也决定不那样想,
因为那条道路,
是我们约好的直线,
你没有回避,
也许是我记错了曾有的约定呢?

想象是多余的。

我匆匆上路。

前方有你模糊的背影……

望 别

早已习惯了这种时刻，
这种天地为我们恬静，
为我们高远，
为我们相对无语，
又默默不言的时刻。

所以不需要用复杂的符号，
标示转身后的事情。
我们相信空白的，
才是最美丽深刻的篇章，
无限制地叠化着，
只有两颗心合璧
才能破译的声音。

请肯定地把它称作契机，

在召唤着爱的脚步,
印下相同的图案。
贴花早已褪去了
鲜明的颜色。
而玻璃依然
像当初一样透明。

常有月儿悄悄爬起,
看你写娇羞温柔的诗句,
伴我设计一个相背的方向。
两杯香槟酒从未饮尽过,
像两双重合的眼睛。

把最复杂的含义,
交给最简单的形式,
但我们不是某种仪式的
主持者。就此一望,
便成为相聚的剪彩。

无情的月儿,
会从我坚实的胸膛上滚过,
只要弥漫的灰尘遮不住,
你刻骨钻心的目光。

一切手势都会留下爱的伤痕。
我匆匆奔去的地方,
正是重逢的起点。

为你失眠

这个夜晚有些特殊
躺在床上总无法闭目
一直平淡无奇的天花板
突然就变成了宽广舞台
在急骤的锣鼓声中
拉开了深红色的帷幕

舞台倒置,地在天之上
剧情的最初阶段
是你先声夺人的演出
不用传统的唱念做打
出场只一个微笑
便掏空了我的五脏六腑

故事是新与旧的穿插

顺序是前与后的交错

而你是自始至终的主角

从登台的那一刻起

把我的目光牢牢抓住

你的长袖轻轻一舞

就漫过了我的额头

旋转的轴心美轮美奂

凝聚起来的力量支柱

从你的散发着馨香的身体上

有无数根透明的金黄色光芒

照射着我喜怒哀乐的起起伏伏

每一根光芒的一端都有

一只粉红色的蝴蝶结

将我病入沉疴的相思症

折成千纸鹤的明丽翅膀

飞越我很原始的祝福

禁不住诱惑的时候

我就有了几分胆量相助

脚步不自觉地跟着你

跳那曲思绪纷纭的双人舞

我军用皮鞋的单调花纹

和你高跟鞋的丰富点击

在今晚的天空盖下无数个

印戳,让时光的记忆
从此不可磨灭

你始终轻无声,除了眼神的
哗哗流水,你婀娜无韵
除了曲线的流畅旋律
我在你的长袖间站立
站成一个铁打的形象
在大地上幸福得让人举头仰望
但我知道我是何等脆弱
脆弱得不堪你笑意荡漾的
嫣然一击,我突然感到
我的威武雄壮的身躯
正在你的炎炎阳光下
融化,融化的速度急剧而猛烈
让我今生今世都刻骨铭心

时间与空间在慢慢断裂
我没有阻击是我不愿阻止
我不知道谁会在这样的时刻
到来之前,去努力阻止
快乐的事情自然发生
但我不是清楚地记得
这一夜我的睡姿优雅异常

大脑的方向一直朝东
不管舞台上的剧情潮涨潮落
我都不敢因一时的疏忽
而错过天使的瞬间回眸

我必须强迫自己
把夜的手臂挨近肌肤
因为太阳终究要升起的
就像星辰要落下一样
我要在夜色淡化之前
将你的所有光芒收拢
装进我心灵的仓库

慰 妻

军人是他的妻子不可抗拒的
风暴,每个
重逢的夜晚
都有大面积的失眠

人生的冲动就在于
他冲动的另一面吗

对你橘红色的絮语
我常寄予墨绿色的祝愿
只忽视了火焰般跃动的
渴望,不能在一片浓荫下沉淀
因此一个常被谅解的错误
重犯成一枚多味的橄榄
酸涩如纤,香甜为缆

天是以地为依托的
树冠,而我以残酷
填写那一张太阳下
关于爱的试卷
柔情似水掬一叶小舟
似水柔情淬一柄长剑
那镀金镀银镀日月之辉的
剑鞘,你却佩带成
我心中的一炷炊烟

发狠时就诅咒季节吧
捻碎寂苦留下的碎片
但不放弃那怅然的思绪
不放弃风暴之源

温　度

不知从哪一天开始
晚饭后我便关注起新闻
看远方的那个城市
近期的治安有无恶化
远期的前景可关怀人文
在一闪而过的人流之中
总想看到我熟悉的影子
哪怕是瞬间即逝的影子
我也会把心中的弦
绷得很紧很紧

其实新闻是一种理由
新闻之后才是我真正关心的
阴晴冷热的无常变化
时刻牵动着我的情绪起伏

摄氏度数的上升与回落
直接波荡着我心灵的气温

徒　壁

无语相对,相对无语
彼此什么都不说
让那还没有远去的风暴
突然停止,使心旌
去摇荡最后的沉默

不说并非没有声音哟
你听我血管里的浪花
正用另一种语言
唱响慷慨激昂的歌
这来自仙境的天籁
没人听得懂,除了你
这来自凡尘的本能之声
没人不懂的,除了我
因为我已有意误入了

一个期望已久的世界
在那里所有被爱过的人
都用幸福替代了羞涩

让我就这样迷失于你的风景
忘记心灵历经的坎坷
陶醉、沉醉或者死亡
都是男人的最高境界
即使走不进历史
也会被历史传说

身后是通向大街的门
也许是你最先把它开启
也许是我最先从此走出
但距离和陌生已经消失
无论有多少空间或者时间
或者一切人为的阻隔

有一点请你相信
走出屋门后我的眼睛
会比任何时候都更加明亮
因为你和我的目光
已在最黑暗处重合

只是在离开你的日子里
我会变得魂不守舍
也许还会把太阳当成月亮
去倾听深夜的脉搏

吻

时间突然凝固了
凝固成太阳下的雕像
空气突然凝固了
凝固成月光下的池塘
眼神突然凝固了
凝固成梧桐树下的渴望
情感突然凝固了
凝固成奔涌入海的大江

只有心跳的声音
撞击着空荡荡的心房
让千山万岭之外
让九天云霄之上
都能听到
她旷世未闻的歌唱

所有的窗子都已经打开
所有的道路都无比通畅
所有的眼睛都在那一瞬间
撩起黑色的睫毛
把瞳仁的姿态
调整到同一个方向

千言万语铺就的路
此时都为这一刻的沉默奠基
日夜不停奔波的脚步
此时都为这一刻驻足疯狂
对美丽的追逐和赞美
都化为无言的颂词
曾经耗尽青春耗尽心血
谱写的华丽的乐章
原来只是顷刻之间的一次碰撞

故事从没有预言
细节从没有夸张
一个从没有设计的剧情
在人物的身心投入之后
将平庸推起滔天巨浪
喧嚣不已的都市舞台

此刻以从未有过的安静
打开了大街上所有的灯光

天与地　古与今
轻轻地轻轻地把世界重合
万世不灭的真情
就迸发出心灵的纯粹阳光

我爱你

几个简单的笔画
组成了一个复杂的单词
我把它写在一张张日历上
天天背诵得如醉如痴

不知道它的来历
但我明白它的意思
写出来有几分朦胧
读出来有几分放肆

在心里装了很久
捧出来却找不到位置
二十个春秋之后
突然亮出了双翅

原来是一只多情的鸟儿
早就在等待飞翔的日子
只因有太密的丛林
遮挡了远方的红日

它歌唱的每一个音符
都是旷世罕见的警句
它吟咏的每一个词语
都是一首纯洁的情诗

虽然只是一个单词
却隐藏着万千相思
犹如爱的每一个细节
都是很复杂的故事

这是心灵幸福中的独白啊
不需要做任何的注释
它所具有的丰富内涵
可以省略世界的一切文字

我的东方

从此以后我面朝东方
看东方那枚不落的太阳
看太阳下的款款伊人
让一座城市熠熠闪光

城市本来是与我无关的
像大街上的路人擦肩而过
不会留下太深的印象
但今天一切都不同了
我必须把她放在心上

我要关注她的阴晴圆缺
我要感受她的冬暖夏凉
甚至下意识地把她想起
甚至忙里偷闲将她凝望

因为我的生命突然成了
一棵向东的树
日日夜夜朝着同一个方向

我在对你说

我常常这样设想
我们下次见面的时刻——
那边是一只沙发
这边也是一只沙发
我们隔着茶几相对而坐
那边坐着美丽的你
这边坐着痴情的我
因为心过于专注
世界的万千烦扰
被蓝色窗帘挡在了屋外
在真情相撞的凝视中
向你滔滔不绝地诉说

说我在等待中遭受的煎熬
说我在焦急中经历的折磨

说我在深夜里对你的渴望

说我在阳光下对你的许诺

说我在孤灯前对你的想象

说我在闹市口对你的高歌

说我在分别后怎样度日如年

说没有你的日子就枯燥无味

说有了你就有了多彩的生活

……

说你情思万缕的温柔

说你韵味无穷的秀色

说你摇人心旌的微笑

说你爱意荡漾的酒窝

说你气质高雅的清丽

说你胸中热情的烈火

说你身体幽兰的馨香

说你琥珀般玲珑的脚踝

说你是我梦中的唯一风景

说你是世上唯一的花朵

……

滔滔不绝地诉说

是想对你说的话太多太多

我知道有许多种心情

永远不能用语言表达
但能够用话语说出的
我愿汇成一条滔滔的江河
因为思念的不断堆积
我的心海已经隆起大山一座
我必须用滔滔不绝的诉说
来缓解思念的巍峨

仆仆风尘中我去寻找
那两只相对而坐的沙发
寻找那与你在咫尺之间
倾诉心声的小小圆桌
可当我真的与你突然相见的时候
才发现那准备好的串串词语
只不过是不能相见时的奢望
而此刻的沙发是如此多余
多余得我们彼此都不愿就座
只将四目相望双手紧握
目光在碰撞中神奇交汇
忘我的境界里什么都不说

啊,原来心与心的融合
是悄无声息的哦

我明白了真情时刻的真情相约
不是没完没了地吐露
而是彼此最珍贵的沉默

相　聚

不知是太阳追赶月亮
还是月亮在追赶太阳
将无数白天追成了黑夜
也没见它们欢聚一堂

世界就是这样
往往刻意追求的
不一定都遂人意
倒是在不经意间
却铸就了千古绝唱
别说不该聚首的聚了首
又有谁能说清风和雨
是在彼此寻觅
还是偶然碰撞

该发生的事情总是要发生的
不论你是否张开欢迎的臂膀
就像大江东去的流水
那是一种人们不能遏止的力量

昨天的你我还不曾相识
今天已开始牵肠挂肚
这不是谁的力量在促使
而是命中注定的缘分
任何意志都无法阻挡

相聚的日子是那样短暂
分别的时间是这么漫长
正是因了这一长一短
相聚才显得如此珍贵
分手才变得越发沉重
相思才不敢有瞬间的彷徨

我不知道什么时候还能相聚
在分别之后我就开始把情感
守望。守住那份寂寞
就守住了比蓝天广阔的心海
目的明确的小船
天天从这港湾里解锚起航

多少船儿还在随波逐流啊

而我却异常地庆幸

出发之前就已有了前进的方向

祥 瑞

夜晚看你是黎明
白天看你是星辰
你在时近时远的距离上
将微笑折成月牙形的耳朵
倾听我匆匆追赶的足音

你有时站在很近的地方
我看起来却很遥远
你有时站在很远的地方
我想起来却很亲近
因为看你的时候
我寻的是你的形体
因为想你的时候
我品味的是你的神韵

有时也走进我的梦里

若隐若现的身影

像雾中的花朵披一层

轻曼如翼的纱巾

我呼喊时你嫣然一笑

我追逐时你漠然逃遁

那一段我永远无法抵达的距离

将漫长的夜

梳理成一轮红日

升起在我的每一个早晨

我想你时你不一定在想我

你想我时我肯定在思念

那个意味深长的眼神

无论白天还是黑夜

我都习惯于向空中仰望

以树的姿态将手臂舒展

以山的形象将头颅高昂

目光与阳光常常相会

透明的情感没有一星点儿灰尘

我在心中呼唤着你的名字

每一声里都有一个

令大地颤动的词语

穿越地球深处的核心
让你走过的地方
都荡漾炫目的彩霞
盛开大朵大朵的玫瑰
世界因你的突然出现
而从此崇尚纯真

心上人

心上的人只许在心中
像只可敬不能说的神
她在心中最神圣的地方
那个地方绝对容不下别人

心灵的空间很大
可以装下朗朗乾坤
但自从有了那个人之后
空间就剩下一个很小的门

门里头是富丽堂皇的宫殿
门外头是层层呵护的细心
常想象世界从此消失
那个门只有两个人同出共进

以前的风风雨雨都是吉祥
此时却看不惯一朵乌云
因为怕道路上的任何泥泞
会溅湿她美丽的衣裙

曾经为阳光的灿烂大声歌唱
此时却耐不得太阳的高温
因为无意中热出的一串汗珠
会浸透她脸庞上艳丽的红晕

一路小曲将生活唱成快乐歌谣
所有烦恼都变得有了音韵
见了陌生人也开始主动问好
对路边的石头也想来个飞吻

只要是饭菜都是可口佳肴
酸辣甜咸的味道一概不问
一日三餐忘不了杯盏起落
好酒孬酒是一样香醇

微笑面对世态炎凉
脾气突然变得异常温顺
本该暴跳如雷的却一笑了之
本该唉声叹气的却喜上眉梢

自从有了心上人
一个人就变成了另一个人
有时候三步并作一步走
有时候原地不动乱分寸
东西南北只认识她的方向
白天夜晚只记得她的时辰
上下左右只看得见她的位置
千腔万调只喜欢她的声音

只因有了她的来临
世界上的所有人都成陪衬
既想让别人分享自己的快乐
又怕自己的快乐分享给别人

自从有了自己的心上人
心上就有了一个膜拜的神
心灵的和弦只为她一个人拨动
心海的浪花只为她一个人欢欣

寻 找

飞机把我载向云端
我在白云生处寻找你的笑靥
却看到太阳在云雾之上
为我铺开了无垠的蓝天

轮船把我载向大海
我在碧波荡漾中寻找你的灿烂
却看到鱼儿在浪涛之下
为我指引心灵的航线

鸟儿把我引向森林
我在绿色的世界寻找你的自然
却听到枝头美妙的歌声
为我传递爱的婉转

风儿把我拉向高山
我在高高的巅峰寻找你的鲜艳
却听到星星在窃窃私语
为我讲述小溪的缠绵

你在哪里啊,亲爱的
寻找你我愿意把世界走遍
可一树的桃花告诉我
最美的季节并不是春天

你在哪里啊,亲爱的
我把所有道路捻成五彩丝线
可塘边的睡莲告诉我
最深的水并没有波澜

但我不会担心无功而返
因为情到深处必有灵光突现
即使寻找一生我也有一生的希望
无可寻找地活着该是多么可怜

为了见到你我愿用胸膛
焐天山上的冰雪融化成河流涓涓
为了见到你我愿将生命化作三寸狼毫
蘸干天池水写天大的思念

我是凡人，不是神仙
凡人有凡人的固执和情感
一旦心灵之弦被你的美丽拨动
要么发出天籁，要么让我戛然而断

遥遥相望

有一片白云来自南方
看不见脚步却有七彩霓裳
渴望雪花又不知雪的模样
手捧书本的神态
充满对未来的想象

穿越时空的是她的目光
凝固时空的是她的思想
十六岁的花季走过小巷
让大街上的所有窗口
都闻到久久不散的馨香

最醉人的是回头一望
轻轻就遮住了灿烂阳光
然后大树的枝叶全成为背景

在绿意泼洒的街头
蓦然竖起一尊美的雕像

不是花朵因为她比花朵鲜艳
不是太阳因为她比太阳明亮
只因心中有蓝天样的向往
她才把北方陌生的祝福
读作生活中深情的诗行

南方和北方距离并不遥远
一个念头就能听到彼此的歌唱
今天我与她遥遥相望
虽然望不到她的倩影
但青春的朝气已扑进我的胸膛

夜色中的玫瑰

夜幕低垂
同时低垂的还有你的双眉
霓虹在远方闪烁
我们都视而不见
心中只在乎此时的依偎

脚步像游来荡去的钟声
告诉咱时间是如此珍贵
每一次心与心的贴近
都仿佛预示着
身影的即将分离
尽管我从不相信
这是最后的机会

多少次我曾为你把笑张扬

多少次我曾为你把歌放飞

思念的情感如白云

飘荡在广阔无垠的天空

不知你多彩的梦中

可曾增添一片崭新的妩媚

夜色已让我们分不清

彼此是红是黑

只有无法遏制的激情

化成的浩浩热流

穿越心房时的甜蜜和沉醉

夜晚没有太阳

但我依然拥有你纯粹的爱

即使看不清你的脸庞

但我生命的深处

却填满你灿烂的光辉

该走了　该走了

是谁在催

捧起你的笑脸我狂读玫瑰

一种气息钻出指缝直透心扉

那是春的声音由远而近

把声声心跳都化作声声春雷

手指与手指交错相握
心情与心情愉悦相对
但我知道手指握不住时光
愉悦也只能在心海储备
因为心情好了
相思才如此之美

一百种想象

见你之前我有一百种想象
想你像云像雨像三月阳光
像山间小溪里跳动的浪花
像草尖上晶莹透彻的露珠
像天空中弥漫不散的芳香
像迷茫大海中逍遥的帆影
像穿梭于乌云之间的白鸥
像和平鸽频繁扇动的翅膀

像丛中的花,像花中的蕊
像蕊中的芯,像芯中的糖
像四射的霞,像霞中的羽
像雨后的虹,七彩的吉祥

像孤独中的美景

像寂静中的仙乐
像沉默中的歌声
穿过天籁,淙淙流淌

一百种想象是一百种希望
希望你像水般柔情山般刚强
希望你是一朵鲜艳的花
希望你是一个动人的神话
希望你是神话中的小姑娘
希望你是光是影是黑暗中的
闪电,是滚过田野的春雷,是
漫过心海的爱,是掠过蓝天的
风筝,是临窗而立的张望

希望你是荒芜间的树,是树上
最漂亮的一片叶子,是叶子间
能捞起失意的那张密密的网
我是网中的鱼,是鱼的梦
是梦中的天堂,门口有小童
轻轻一呼就走出一位神仙
玉指轻抚我粗糙的脸庞

无论是一百种想象
还是一百种希望

面对你之后早已忘记了
分离的日子是多么漫长
一切痛苦都被幸福所取代
一切想象都变得暗淡无光
因为你的真实和真实的你
使一切希望显得幼稚可笑
自我嘲笑想象的肤浅与轻狂

但我在你迷人风景的照耀下
又产生了一种新的想象
这想象我不说出你也知道的
从今后我会悄悄放在心上

一朵花开在远方

一朵花开在远方
灿烂笑脸迎着远方
风从春季吹到了冬季
始终吹不散你的芳香

于是我一遍遍跑来
注视你娇艳的脸庞
将心中真情的歌谣
用眼睛为你吟唱

抚摸总是轻轻地抚摸
凝望却是久久地凝望
你却用最丰富的色彩
丰富着我们饥饿的目光

多想像捧露珠一样
将你从大地上捧起
但我伸出手之后才发现
你是博大而深情的海洋

多想像摘星星一样
将你从空中采下
但我抬头之后才知道
你是皎洁而娇媚的月亮

面对你的从容大方
我突然明白了美丽的力量
能击中肉体的往往都短暂
能征服心灵的每每是天长

本来就不是一朵普通的花啊
风儿怎能理解你的理想
春夏秋冬那是自然的变化
不变的是你太阳般的志向

每次见你我都有新的发现
每次分别我都有新的愿望
我知道我天生不是花的使者
但为了你,我愿有一双蜜蜂的翅膀

依旧痴情

我又一次警告自己,
不要靠近那个窗口,
而脚步像失舵的小船,
总向窗下漂流。

心的缆绳拴不牢意志的桩墩,
罗盘的指针,
比誓言更加执拗。

索性在黑夜出走,
走出执迷的窠臼,
而心却在大声质问,
能否走出爱的鸿沟?

我不敢作出响亮的回答,

因为夜空里闪烁着满天星斗。
太阳在犹豫中喷薄而出,
我又一次失去逃脱的借口。

当你撩起窗帘凭窗远眺,
淡淡的微笑依旧。
这时我才蓦然发现,
我只是一只痴情的鸟儿,
窗台是一棵大树的枝头。

意 外

没见你是个意外
见到你是个意外
你走来是个意外
你离开是个意外
意外应是出乎想象的事情
对于我却是如此必然

在目送你离去的瞬间
咸咸的海水向我心中倒灌
随即下沉的不光是身躯
还有脚下的大片土地
还有窗外的栋栋大楼
还有远方的忙碌城市
以及这个诞生了人类
而此时却在反复把我折磨的

地球。在那扇大门前
我站立良久,然后
然后将沉重得难以承受的转身
和那堵墙壁和那方天空
一起旋转,并越来越快地
让世界失去最后的支点

你走了,甚至带走了你的影子
虽然知道你是注定要走的
而我是为追逐你而来啊
像蜜蜂追逐花、蛾儿追逐火
不惜涉越千峰万壑,不惜
狂风暴雪把回去的路随时阻断
但此时我的大地失去了支点
只因为意外为意外送行
我成了被意外留下的孤单

樱　桃

一种很好吃的果子
长在很难栽的树上
年年将一种透明的红色
由浅到深由淡到浓
加重了挡不住的诱惑
让我不禁一次次抬头
把心延伸成细长的目光
去将她一遍遍探望
看她怎样撩起绿叶的手掌
从容不迫地面对太阳
面带羞色却不忸怩
倒使我望着她玛瑙般的
剔透，有了一种
惶惶恐恐的紧张

走出很远之后我常常

突然掉转方向

再从她的枝叶下匆匆而过

去感受那瞬间的局促不安

不安中的幸福膨胀

也许自己的脸庞早就红了

像一朵云霞飘然降落在

我伟岸如山的肩头

那曾在风霜雨雪中不屈的性格

此时已禁不住她娇艳的红色

就那么在空中摇荡

连笑容都有了某种期待

期待我走过之后

所有的日子都不再惆怅

我真想在没人注意的时候

上前手握树干用力一晃

让天空落下一颗鲜红的太阳

每根光芒都穿越心的经纬

把黑夜都照得白天一样

可我伸开的手臂

只是一个伸开的愿望

落进手掌的依旧是

枝和叶的影子,而和她的

距离,始终是不远不近地
保持着吸引的最大力量
红的是她的不败魅力
黑的是我的固执凝望

我知道幸福不会从天而降
树的脾气有时比人更加倔强
但我相信瓜熟蒂落的道理
耐心等待,奢望就是希望
就像很难栽的树
必然要结出很好吃的果
不容易忘记的
是偶然发现的国色天香

有爱的天空

有爱的天空有纯净的空气
在山野里奔跑不用担心被坎坷
绊倒在地,不用担心鲜花铺就的
小路,会生出带刺的荆棘
即使我赤裸双足在泥土中舞蹈
也不会有被刺伤肉体的顾虑

走在爱的天空下,阳光充裕
温暖将身心严严地包围,只露出
一双眼睛,寻找梦中的那棵菩提
看树梢最后一枚果实芳香四溢
同样溢出的还有对你的迷恋
大河小河都注满我滔滔不绝的爱意

有爱就有天空啊,有天才有地

有爱的时候别管天空是实还是虚
今天我把那个神圣的汉字写得
像宇宙一样博大,在它的怀抱里
旅行,不需带任何行囊就可以
像日月自由穿梭,累了随处休息

你理解我的饥饿,以美丽给我营养
我贪婪地拥抱,贪婪地摄取
我想把你的明亮填充我所有的黑暗
尽管我知道明天太阳照常升起
那一刻你以你的全部辉煌来镌刻
我在瞬间获得的永不泯灭的记忆

随意躺在草地上,我仰望天空
看你的色彩瀑布般向我倾泻
让幸福的潮水涨上来漫过头颅淹没思绪
将四肢伸展我迎接这突然而至的冲击
大地一遍遍地告诉我只有真心地爱过
才能在无尽的思念中品尝人生的甜蜜

有你的日子

有你的日子
天空是那种透明的湛蓝
城市和乡村都变成了
我手中随心所欲的键盘
太阳和我叫同样的名字
地球跟随我的脚步旋转
只要我轻轻地打个响指
月亮便不敢迟到一步
星星就在瞬间紧急集合
听候我任意调遣

有你的日子
每一根雨丝都是液体的阳光
编织着欢笑的长卷
每一片乌云都是朦胧的梦想

缠绕在幸福的高原

路边的石头圆睁书童般的眼睛

为我打开一页页喜悦的词典

山坡的杂草芳香四溢

盛开着温柔的花瓣

乌鸦的鸣叫如舒畅的钢琴曲

流动在最遥远的山间

叮咚的泉水一路高歌

将浪花都点化成姑娘的笑脸

有你的日子

昔日难以转身的小阳台

常传出足球场里的狂欢

电线杆在阳光下的影子

突然有了少妇的妩媚身段

绕来绕去不直达的立交桥

让我找到了马头琴的和弦

马路上拥堵的汽车淑女样匍匐

环绕成都市五彩的项链

随风起舞的一片落叶

向所有人眨动着她的媚眼

这就是你的日子

这就是你走进我心里的日子

这就是你走进我心里以后
我拥有的真实而虚幻的日子
我脚下彩虹一样的道路
是天使有意铺就的绸缎
我知道这路的另一端
你正在挥动着一块鹅黄色的手绢

有一个地方

有一个地方始终难忘
从每天的黎明开始
就左右着我的走向
无论向东向西向南向北
我都看着同一个方向
那里是心儿小憩的平台
可以抚平岁月留下的忧伤

犹如蜜蜂向往着花朵
犹如禾苗向往着雨露
犹如蝴蝶扇动着翅膀
无论春天夏天秋天冬天
我都不会把最初的目的淡忘
那是情儿寄托的圣地
能够留住我渴望的馨香

黎明它是曙光
清晨它是太阳
夜晚它是星辰通宵闪亮
无论昨天、今天还是明天
我都把那首歌儿一遍遍吟唱
那是生命必需的甘泉
总会滋润我干裂的梦想

那里有我风中的旗帜
在众人仰望的高度上
招展着令人心动的想象
无论风里雨里雪里雾里
我都不敢放松那根纤细的希望
那是爱的风筝牵动的丝线啊
放纵蓝天却不曾放纵
一丝一毫的狂妄

前面是淡蓝色的火焰
后面是狂风疯狂的鼓荡
中间是等待融化的欲望
无论是前进后退还是停止不动
我都将微笑清晰地写在脸庞
那是一张我执着追求的名片

印着痴情也印着忘情

唯独没有情殇

远　方

远方有你的一颗心吗

常有鸟儿飞来云儿飞来
常有一种迷离的感觉
日夜敞开着胸怀
陶醉是一种朦胧的陶醉
惆怅是一种扑朔的惆怅
无数个失眠的夜晚
有无数个失眠的等待

想象成一簇车前草也可以
或者一朵飘失的蒲公英
我始终不知道风的归宿
而溪的尽头仍是大海
不死的澎湃

昨天是今天的回忆
今天是明天的墓碑
但我那情思仍骚动于
起伏又起伏的山脉

也许这山就是我唱给你的
层层凝固的歌谣，就是
竖立的我的不知疲倦的模特儿
那骚动是黑色的风暴
是不安的欲望，是不安的惊骇

而生而死而无期的守候
是我生命固执的崇拜
固执如礁如辉煌的岸
使用权思念去也失败来也失败

又有什么关系呢？我这样
反复撕扯着不羁的蓬发
一遍遍告诫折磨我自己
只要常有鸟儿飞来云儿飞来
常有失眠的夜晚失眠的等待

远方毕竟有你的一颗心啊

让思念

不败

不衰

远与近

你我相隔很近
用脚就可以走去
但我却不能天天相见
看你的冰洁如玉

你我相隔很远
只能传递彼此的消息
但我却日日见到的笑容
因为她就在我的心里

有时我的目光很狭隘
只相信看得见的东西
把你的日程都写满了担心
担心你生活中会遇到阴雨

但我更多的是举目远眺
眺望那一方我思念的圣地
因为你在那里绽放着最艳的花朵
让我枯燥的想象充满了诗意

当你在我面前的时候
我总把流动的时光忘记
不相信你从此还会离开
把欢笑分割成不尽的忧郁

当我们又一次分别的时候
痛苦总撕扯着我的思绪
恨不得生长出一千双手臂
把你永远紧抱在怀里

走近是心的期待啊
日夜都想把那段多余的路途
像风卷残云一样
擦抹得不留一丝痕迹

因为就是在这段路途上
我们相互走近又被迫走远
走近时激情地舞蹈
走远时是无奈的叹息

我知道有了距离才有了期待
我知道有了期待才有了惊喜
我知道有了惊喜才有了忘情
我知道有了忘情才有了痴迷

但我更知道没有距离地相爱
情才会永不间断地甜蜜
才能合奏出生命的昂扬乐曲

我既然无法取消这段固定的路程
就把它看成是心之所系
一头拴住的是我的牵挂
一头连着的是你的惦记

有远有近的是我们的肉体
永远相贴的是我们的心意
当我用最大的空间让你飞翔时
我最细的情感永远是最坚强的托举

月　光

篱笆不是墙,
是网。
影子不是水,
是岸。

月光透过夜晚的
有意疏忽,浮动
在稀疏迷离的
朦胧心境之上,
等鱼儿再一次冒险。
航标在礁石之巅,
忽明忽暗地闪烁。
警告的语气中,
饱含诱惑的激动。

帆船降下白色的旗帜，
挺拔的桅杆在天空
耸立着野性的挑逗。
无涛。
无浪。
无哗哗的喧嚣。
无悠扬的汽笛。
抒发漂泊的孤独和寂寞。

疲惫突然消失，
只有暗流一次次唆使你。
篱笆有门，
是一双捕猎的眼睛，
总把匆匆投网者，
放进月光的海里。
愈来愈消瘦的影子，
高高地举起血红色的黎明，
那条叫作幸福无疆的鱼儿，
一直自由地活在
你的爱抚之中。

致我的情人

相距太远不能送你玫瑰
心虽很近却无法时常依偎
只有思念可以自由地来回
日日夜夜我都把它放飞
有情人怎能被一个节日所累
时时惦记才是情的真髓

我不是高山你也不是流水
我的刚强总会恋着你的妩媚
也许有一天见了你我会倒头便睡
请原谅亲爱的,那是我身心过于疲惫
决不是对你爱的倒退
彼此相依,包括你的艳丽我的憔悴

即使有一天你不复存在了
我的心中仍留着你的座位

致雪莲

我从远方走来,身上还带着
远方的夏季浓得化不开的绿荫
我来是寻找你的啊,知道吗雪莲

我清楚这不是我们的约定,甚至
没有征得你的同意,但这不是错误
我来是寻找你的啊,知道吗雪莲

你进入了我太多的梦,每次都调皮地
把我从梦中逗醒,然后你就躲开了
我来是寻找你的啊,知道吗雪莲

城市有太多的高楼,把阳光切割
无数个碎片中分不清哪是真情
我来是寻找你的啊,知道吗雪莲

数不清的脚步踩在同一块青砖上
使我已无法区分昨天和今天的区别
我来是寻找你的啊,知道吗雪莲

美的界限在多少人的眼里已经模糊
虚伪的话语把仅有的真情全部遮掩
我来是寻找你的啊,知道吗雪莲

哈哈大笑与哇哇大哭还有什么意义
所有的许诺都被最信任的人抛弃
我来是寻找你的啊,知道吗雪莲

第一场雪迟迟不下,尘土淹没了道路
干燥如出行者的心情,狼烟四起
我来是寻找你的啊,知道吗雪莲

花朵忘记了季节,娇嫩失去最后的血色
咫尺之间仍要倾浑身之力长途跋涉
我来是寻找你的啊,知道吗雪莲

当生命在毫无意义的耗损中彻底失望
所有的湖泊河流都开始散发异味
我来是寻找你的啊,知道吗雪莲

我知道很远的地方才有圣洁的雪山
所有的雪山都是你万年不倒的神坛
我来是寻找你的啊，知道吗雪莲

今天，我终于置身于高耸入云的天山下
太阳的光芒照耀得我睁不开双眼
我来是寻找你的啊，知道吗雪莲

你在哪里？你在哪里？你在哪里？
声声呼唤，声声呼唤，声声呼唤
我来是寻找你的啊，知道吗雪莲

天山耸立，默默无语地为我撑起一方蓝天
洁白的额头写一首长诗让世界朗诵千年
我来是寻找你的啊，知道吗雪莲

挺起胸脯，此刻我以山的形象站立
期望鹅毛大雪铺天盖地让我瞬息纯净
我来是寻找你的啊，知道吗雪莲

真的和雪山融为一体我才突然明白
你那无人可以企及的天然之美不可复制
我来是寻找你的啊，知道吗雪莲

你甘愿与冰雪为伴,世态浑浊却纤尘不染
谁人能够读懂你那绝无仅有的旷世爱恋
我来是寻找你的啊,知道吗雪莲

你为何不语？只望着急急切切的我
露一张超凡脱俗的笑脸,了我心愿
我来是寻找你的啊,知道吗雪莲

啊,我的爱人,你是我梦中的雪莲
此次走来我愿站作巍然屹立的雪山
拥你入怀抱,把沉默举成相爱的誓言

又是吊兰

收到你第七封信的时候,
我便有了某种预感。

对你的催促、
诱惑,
你的骄矜、
委婉,
甚至焦灼的平静和平静的渴盼,
我都不能再继续沉默下去。

但说什么呢?
说我的冷漠?
说你的幽怨?
说激荡的江水和凝固的堤岸?

你是第几次提到昨天了?
也许你是在有意提醒
我那并不迟钝的记忆,
从而推动某种死去的复活
或枯萎的嫩绿,但我
始终对太阳敞开胸怀的窗口,
只有你亲手栽培的吊兰,
在恣意娇媚。

记得那是一个
能使人产生联想的季节,
天空中几朵枯黄色彩云下,
隐约听到鸟儿箭一般穿过的声音,
成群的叶子高昂着头颅,
没有丝毫凋零的迹象。

那条无数次亲吻我宽厚脚趾的
石板小路,突然变得陌生而又
固执,像一条无法挣脱的绳索,
拉住我和我潜意识中的某种意象,
向一个毫无掩饰的深渊,
一步步走去。

当我不能自控的脚步

踏上那深渊的边沿之时,
黑色的、
可怖的、
令人战栗的深渊之门却渐渐淡化,
像某个电影中的某个镜头,
在一幅画面上叠化出另一幅画面,
使我看清了,
那深渊其实是你很迷人的笑脸。

于是我又大胆地向前,
跨出三分之二个步幅,
魔瓶的意念闪电般划过,
但一切都是自然而不容置疑的,
绝没有人怂恿过。

从此我便多了
一分傲慢的自信。
从此我便自信地
等待着黄昏的来临。

斜倚窗台看你精心培土、
洒水,
为我栽植一首诗的题目。
我始终没想过你会悄然离去,

以后的很多日子咱们都无法
相约。我只在每天清晨，
提起心灵之壶走向吊兰，
寻找你无意间遗落的消息，
即使是一首无字的歌，
也会将白云唱成你一方纯洁的
白纱巾啊。

但仍旧只有嘲笑的风
从手指间滑过，
把一个又一个朝阳推向远方。

雪在窗外留下过无声的悔恨，
雨在窗外留下过猛烈的感叹，
以吊兰为诗曾几次发表，
通信地址以醒目的黑体字
昭示我从未改变过的信念。

我一直相信你会把读到的
认真地剪下来，
夹进你镀有彩色花边的日记本里。

一切都在意料之外发生，
遥远的平淡之后，

你又一次异峰兀立,
是什么季节已记不清了,
那封没留地址的来信,
是给我的幸福沉重的一击。

习惯像一条偏执的青藤,
用力抽打着心海的巨浪,
然后重新斜依窗台,
把你的信笺贴满透明的玻璃。

肯定或否定的答案
像两片叶子,难道我不是
突破花瓣的蕊茎吗?

现实是男人的脊背,
理想是少女的胸膛。
我拖着受伤的躯体,
去翻越横亘的墙壁。

在夏日的骄阳
即将被秋天的红叶
所遮掩的时候,独自
兀立在情感的制高点上,
我发现一切都不是过错。

也许你的信是无意的，
但我并不原谅
曾经对自己的折磨，
因为那悠悠吊兰的位置，
我始终没有挪动，
包括我敞开的窗，
包括我久候的诗。

你一定记得的。
感谢你，
又是吊兰的季节。

靠 近

慢慢地,慢慢地靠近
尽管心中对你的渴望
如久旱的禾苗祈盼甘霖

慢慢地,慢慢地靠近
尽管爱的干柴早已在
漫长的等待中一忍再忍

慢慢地,慢慢地靠近
尽管倾斜的姿势身不由己
急切的心啊越揪越紧

我知道慢慢不是我的性格
但我必须慢慢地靠近
因为我靠近的不是一轮冷月

而是梦中太阳般的星辰

靠近,靠近,靠近
靠近你我是在靠近温暖
靠近你我是在靠近光明
靠近你我是在靠近清纯

靠近你我是在靠近鲜艳的
旗帜,靠近无比的美丽
靠近一汪最圣洁的泉水之源
让你用晶莹的情感
涤荡我很肮脏的灵魂

我是奔跑着来的,一路上
不顾寒冷,忘了风尘
从出发那一刻我就张开了
手臂,想随时把你紧紧拥入
怀抱,手捧那一碗美酒
作一次毫无顾忌的痛饮

在我的疯狂的奔跑中
与你的距离越来越近
但在这已很近的距离上
我的爱却不敢恣意狂奔

因为我的眼前出现的
不仅仅是你有血有肉的身影
还是带给我幸运的女神

慢慢地,慢慢地靠近
靠近你闪着红润水光的唇
我知道那是一团火,一团熊熊的
烈火,正炙烤着我孤单的心
慢慢地走向火焰,走近你
我以燃烧来寻找漂泊的灵魂
完成一次生命中最美妙的历程
哪怕从此毁灭我也将奋不顾身

窗　口

有一个叫眼睛的窗口
在远方为我敞开着
疏疏的窗帘极快地变化着风景
传出许多新鲜而动听的声音
还有明亮得有几分水灵的故事

窗口日夜正对着我的目光
不论我走到什么地方
她都为我把光线送来
她都为我把那一方天空擦拭得
能照耀出我灵魂的影子

每次看到那个窗口，我的心跳
都会莫名其妙地加快，不知不觉中
鼓点的声音就充满了力量

把走路的脚步锤炼成了音乐
走过的地方就满世界地流淌

透过这个窗口我看到了一轮太阳
微笑是她最夺目的光芒
被她射中之后就有幻想翩翩起舞
让生活的色彩开始眼花缭乱
白天与夜晚都有虹在大地升起

透过窗口我看到了一个季节
芳香是她最丰富的语言
被她一次无意地抚摸就有沉醉奔涌
使生命醉卧而歌或仗剑狂赋
冰雪挡不住娇艳的鲜花开怀大笑

这个窗口里长满了善良和纯洁
幸福与快乐必然是她最后的果实
谁想与她分享请先掏出自己的灵魂
在她的烈日下暴晒八百个日夜
看看最后剩下的是真诚还是虚伪

窗口其实是一面镜子,从这里
我看到了目光专一的自己
神情有几分胆怯,内心有几分忧虑

捧出的心虽高高地举过了头顶
每次的行动都在紧要关头主动放弃

面对窗口我久久凝视,突然发现
原来那是一位冰清玉洁的高贵女神
她的美丽发射出的层层光环
将我的粗枝大叶照耀成年轻的银杏
天天在窗口前迎接太阳的降临

第三辑　苦恋

草 莓

从一首诗里,
吃你的灵魂。
从一个灵魂里,
感觉一颗芳心。
从一颗芳心里,
认识荒野的暗识。
从一个暗识里,
我听到一支曲子的音韵。

一切都始于
那个可怕的瞬间,
红色的诱惑,
往往是永久的错觉,
不固执地追求形状的酷似。

把沃沃的厚土
读作爱的天空也罢，
把蓝蓝的天空
读作梦的窗帷也罢，
但愿每天的那个灿烂的时刻
如约而至。

画一道海岸似的印记，
权作一道坚实的地平线，
托起你用日月浓缩的思念。

在都市有很多修饰的繁华中，
我时刻都在向往那一片芳草地。
轻轻地爱抚漫柔的你，
闭上因寻你而太疲惫的眼睛，
玩味大自然不加删节的乐章。

即使是没有海滩，
也会有满帆的微笑向我们驶来。
最难遗忘的是，
梦中的草莓。

初 吻

世界不复存在的
刹那间,
亿万个红日,
在我们的头顶分娩。
几十年后,
我们懒倦地睁开眼睛,
却突然发现,
一位银发老者,
冲你我扑哧一笑,
把世界消失的一切复原。

但一切都为时已晚。

初　至

一夜雪飘。
你款款而至。
为你的到来,
天空洒下无际的缤纷。

悄无声息地,
你走进我一尘不染的
晶莹心境时,窗外
所有绿叶都已在我的幻觉中
落去。世界寂静而萧条,
万物以渴念的风俗,
完成同一种等待的姿态。

就是因为期待太久,
才有这惊喜的意外吗?

竟使我来不及打开，
那扇贴满眼睛的窗，
伸出因意外而不知所措的手臂，
捧起你娇嫩无瑕的生命。

你静静地站着，
让我静静地端详。
旺旺的炭火是一盆盛开的睡莲，
我们都忘记去欣赏。

你红色的披风，
遮住了今年的最后一页日历，
使这个最无奈又无聊的日子，
顿时变成难以忘怀的开始。

脚步已被覆盖，
包括那条你走来的路。
在这个孤立无援的世界上，
你我能厮守多久呢?

另一个季节，
在一步步逼近，
那时我们必须分离，
以至无法企望的遥远啊。

白桦林

青青白桦,
悠悠碧波,
微微南来风……
寻找这支歌儿,
我们一同走进
桦树林的梦。
为了不在归途
迷失走来的道路,
我在走过的每棵大树上,
都刻下一双凝望的眼睛。

在每次举起利刃的瞬间,
我都感到了你善良的犹豫,
像弯腰拾起一片
青春的落叶时,

将惋惜无数倍地放大，
忘却了苍茫林海，
只有年年萌发，
才有岁岁凋零。

让我们拉着手听它的心跳，
让我们贴紧脊背感应它的血脉，
让我们噙一片绿叶踏着它的节奏，
让我们靠近比想象更坚实的胸脯，
欣赏它一颗不朽的心灵。

然后干什么呢？
然后的然后呢？
走出白桦林的欢呼，
是一件很容易的事，
像在辽阔的大草原上，
采撷一朵已开或未开的小花，
而那一双双刻下的眼睛，
是不会再失眠的啊。
因为它已看到了，
天地撞击后的人间光明。

我们是为寻找歌而来的，
相爱和背叛的歌，

都同样能够流行。
下次相约或许是在
万木萧萧的冬季,
白桦树赤裸臂膀,
怀念着春天……
但我们会看到,
最初的眼睛依旧清澈、
晶莹……

本 来

本来,本来我已把
通向昨天的大门封闭。
我已用痛苦的肥皂
把昨天的记忆洗掉。
本来你那次随意的回答,
我已深深地压在了
生命最初的褶皱里,
锈迹斑斑,
腐朽、糜烂了,
即使最初的褶皱,
也被时光层层掩埋,
从未准备过重新发芽。

本来我不再相信任何幻觉,
包括迟迟不败的花朵,

只不过是无奈地对流云残笑。
芳草地上的欢颜野餐，
痕迹早被风雨冲刷一净。
谁会说这里有什么事情发生过？

本来，本来是一纸誓言，
我已张贴在生命的
每一根栏杆上，遮挡起
我生活的单行通道。
哦。哦。哦。
你为何要重新出现？
只一个微笑，
便撕破了我营造已久的堡垒，
让我本来就很脆弱的躯体，
完全暴露于你眸子的射程之内。

你知道吗？我一刻都未停止过
对你的爱。

尘

沉重的车轮,
碾过的心旌。
意念破碎中,
送你渐渐遥远……

尘土弥漫了
前方的道路,
一点忧伤的慰藉,
被你无情地吞没,
太阳的光环黯然失去
耀眼的光辉,大地上
往日的春意,
原来只是一层
美化了的尘埃。

其实只需一次痛苦的转身,
一页失恋就会被浪漫地
揭去,然后
在没有任何墨迹的白纸上,
大把涂抹被夏日调和的色彩。

打一个漂亮的响指,
吹一声调皮的口哨,
以风流的年纪为少女签名。

可我怎能转过身去,
擦干那溢满眼眶的潮汐呢?
生命中只有爱,
是不能抛弃和更换的啊,
无论是苦滋味还是甜滋味,
都已浸透了我不安的灵魂。

就这样面对尘雾,
即使没有风没有雨,
即使没有一只
早已熟悉、无数次
荡我魂魄的手,
轻拍我孤单的肩膀。

冰　鞋

一个圆以我为中心
你在周而复始的轨道上
与我保持着同等的距离

于是,我明白了
我存在的所有价值
是让你扶着我滴血的心
随心所欲
向每一个喝彩者
昭示你的无所顾忌

看清了,距离只是
一只善意笃深的手臂
这便宣告了心与心
永远不得靠近

其实站在中心的
不是毫无意义的我
而是飞速旋转的你自己

你的轨迹
可随意向远方延伸
每次延伸都证明
我永恒不变的位置

上帝啊,请赐我
一柄果断的利剑吧
我要斩断一场无期延续的
悲剧

等车的女人

夜晚,空空荡荡的车站
一个女人在站牌下若有所盼
深秋的落叶在风的驱逐中
从她面前匆匆地跑向远方
去寻找最后的家园
沙沙的脚步声渐渐被夜幕吞没了
而公共汽车的影子
依旧没有出现

此时,时针已悄悄划过
午夜的分界线
等车的女人徘徊的脚步
成了敲击心灵的沉重鼓点
偶尔有赶夜路的人们一闪而过
目光都被她执着的等待点燃

因为所有的末班车
都已过了停靠时间

女人,还在等待
在夜色的粉尘满天飘落中
看路灯的渴望越来越暗淡
而她安然自若的神态
却在黑暗里显得越发耀眼
她是不知道车子早已停开了吗
为何还要如此耐心地
等那个看似真实的虚幻

夜幕下的寒风中
女人的身影是那样孤单
以至让天下所有的男人
此时都失去了借以炫耀的勇敢
等车的女人是想用这无望的等待
给自己一个美好的未来吧
只有在没有车的车站上
内心深处的太多喧嚣
才能作一次纯粹的沉淀

冬季幻想

久仁窗前看雪花纷飞
厚厚的雪野幻化出
两行时深时浅的足迹
仿佛有笑声从远方传来
给单调的天空一抹亮丽的色彩
深蓝的是我,鲜红的是你

竖起的衣领上下扇动
如一对蝴蝶振展双翅
偶尔有雪花钻进脖子
留下短暂而爽心的凉意
它是想听咱的心跳吧
报告春天一个萌芽的消息

脚印与脚印重叠

延伸着青春的活泼顽皮
本不存在的影子
却追逐成忽左忽右的美丽
早已经熟悉的鬼脸
不经意间又被你拾起

用手指就那样随意一画
一副面孔便有了生机
然后起一个夸张的名字
故意把特征省略
让我无法猜测
是深蓝的我还是鲜红的你

弯腰抓起雪团
悄悄塞进你的棉衣
再用冻得红红的双手
把你妩媚的脸庞轻掬
哈口气，春天就在眼前了
我们都开始为寒冷惋惜

望着窗外的纷飞雪片
我的目光却隔着一层玻璃
对刚刚产生的幻觉
自己竟觉得有几分好奇

我知道雪地上并没有人影
但你时刻都装在我的心里

等待短信

想你纤纤手指轻轻点击
数字就变成深情的祝福
无形的情感顿成有形的抵达
阳光就照进我心的屏幕

我匆匆站起,面朝东方
把心中的杂念一一排除
空中的电波纵横交错
信息的方向心却清楚

不需要临时的预感
只有东方才会日出
不需要长期的约定
只要是海就知道风速

嗵嗵心跳的声音

像一面催征的战鼓

催我再次加快

急不可待的脚步

只需按下绿色的 OK 键

一切悬念便水落石出

可就是这轻轻的一按哟

却让心儿往返踟蹰

不是怕看那几行文字

那是我梦寐以求的音符

即使是一串省略的标点

也是我读不够的书

此时信息的内容不再重要

重要的是我又获得了

一次由你传来的幸福

即使一句问候

即使一声平安

即使一天劳累之后的

一声叹息,或者

心情烦闷时的一句幽怨

我也会打心眼儿里在乎

在乎你在这个瞬间
神情为我而专注
把你的呼吸你的温度
把你的心思你的情愫
通过手中的小小键盘
浓缩成简练而丰富的文字
传向我大脑的神经中枢

你按下键盘的手指哟
也许劳动刚刚结束
我知道你的灿烂身影
天天都在为驱除别人的
苦难,而不停地忙碌
可无论工作多么辛劳
都不忘传递一个信息
陪伴我旅程上的孤独

等待短信的我是在等待
天使从远方送来的《圣经》
一声提示我就会得到满足
因为期待与惊喜从没有约定过
是情与情的自然融合
将心跳调整到了同一个振幅

错　觉

走不完的道路，
是你飘舞不断的秀发。
让岸边垂柳站成温柔的失望。

世界上最不可信的赠言，
不尽是男人响亮的许诺，
一张白纸，
曾画满黑色的星星，
痴情一望便是一个诱人的陷阱。

快乐的白蝴蝶，
一次次扑打着恒久不变的
微笑，过去在迅猛地
分娩着现在。

记忆仍像琥珀似的玉蝴蝶,
倾吐如火的情思,
说七月流火八月依旧流火,
而情感是永远转不动的魔方。

在死去活来的沟坎上,
被太阳公开盯梢过,
空无的一切都被最后证实,
圆满的另一半不过是水中倒影。

生命一旦为自我所颠倒,
等待的结果便剩下一缕
最后的情绪。

彼此相对无语。
记不清是谁失约,
像那次偶然的邂逅,
以瞬息留下亘古的辉煌。

别在幻想中蓦然回首,
浪漫如梦终有曙光出现。
多少折磨都似曾相识,
多少相识都蕴含着折磨。
在青春无可挽回的再生之地,

你与我都无法推却。

苦恼被欲望所诱惑。
欲望被苦恼所蹂躏。

独　旅

孤独的人，
常在记忆里驻足。
幻想的人，
常对说梦者凝目。

那一天我们都是世间的
独行者，在冷清的咖啡屋
不期而遇。一杯烈性酒
沟通了同一件心事，
有意的一望至今都刻骨铭心。

两只杯盏在不知不觉中
放在了一张桌台上，
那一杯烈酒使我们忘却了，
曾经难以承受的苦涩。

不用询问彼此的来历,
也不用打听以后的去处,
因为欢乐的歌谣
与孤独的旅行,已教会我
不要期望亘古不变的天长地久。

不需相邀举杯,
都留下一份自由,
心灵是透明的,只靠感应
而经不起任何指使和勉强的
脆弱的容器,一次破碎
便留下永远无法愈合的伤痕。

不要赠我相思的证物,
我的生命再也无法负重,
命中注定我是孤独的旅人,
穿行在躲不开的离愁别绪里,
看一双双手臂挥舞成岸边垂柳。

记得我站起时你还平静地坐着,
对我那只空空的酒杯凝神深思,
(你那一只无酒的杯盏呢?)
原谅我没有询问你的名字,

甚至没记清你的面容,
但在漫漫的旅途上,
我已牢记紫葡萄咖啡屋的名字,
并将它带到了每一个小憩的驿站。

在人间,
你是不应当孤独的呀,
请不要殉情于无期的等待。
你的深情我已在那瞬间
一饮而尽了,我
以后的每一步跋涉,
都是对你和你们的衷心祝福。

我是孤独的人。
我常在记忆里驻足。

孤　独

高脚杯里，
只剩下半轮上弦月。
我迟迟饮不尽夜的狂想，
七尺身躯，
被草屋薄壁严严包围着，
草屋薄壁被恐怖的旷野
层层包围着，无法举起
烈性的誓言，
焚毁千年洪荒。

一头赤色公鹿，
无数次冲撞之后，
满身伤痕，
血迹染出善良的图案，
铺在无际大地上，

这小小的一隅,
呻吟着悲情的雄性柔歌。

烦躁的春天,
大量膨胀心底的躁动不安。
欲举青春之剑,
劈冷酷太阳为哗哗爆响的碎片,
撒向世界。
但柔情早已决开愤怒的大堤,
占据了每一页无标点的稿纸。

于是,我以孤独为题,
给你唱一篇篇欢乐的诗章。

固　执

不要回避我的目光。
不要把头颅深深地埋藏。
穿过那一道百合花挽起的棚栏,
让心做斑斓的玉蝴蝶,
飞翔于紫云英盛开的树丛。

而我的等待,
仍是苦楝树的等待,
站立于一方净土,
高举葱茏的誓言,
坚定着永不改变的信仰。

金黄的叶子也会掉落,
洒落我走来还将走去的
必经之路上,

而向上的身心没有倾斜过，
坚实的脚步没有摇动过。

让秋天的太阳，
裸露给不安分的枝头吧，
只要那首童年的歌儿不会淡忘。

爱也爱你这点倔强。
恨也恨你这点倔强。

难忘你曾悄悄告诉我，
女孩子有很多种固执，
像星星一样闪烁在男人的世界里，
最亮的一颗星，
你把她叫作漂亮，
我把她叫作温柔。

我专程拜谒过
望不断大江的望夫石，
此后我便把江水念作流动的幸福。

从来没有别离过，
而又时刻盼望着重逢。
世界上唯一的一扇窗子，

就是我的眼睛，
永远为你而打开着，
天长地久。

抬起头，
抬起你往日的固执。
我的等待，
依旧固执地站立着，
等待花儿开放。

海

从此我便认定,
你是一片激荡的海。
我从此便认定,
一片激荡的海是你。

即使是沉默如山,
你终不能掩饰你的神采飞扬呢,
终不能掩饰你那有很多语言的眼睛呢。

纵然你无数次面对一潭倒影,
撒下被孤寂撕碎的诗稿,
凝视它悠悠远去,
而我斜依拱桥的第三柱栏杆,
久久不愿抬起渴望的手臂,
去折断肩头的一枝垂柳,

揽涟漪如绸如缎，
如你七月的裙裾。

坚信。
是男人黑色的固执，
披在我宽厚的脊背上，
经受风风雨雨的洗磨，
任所有的歌谣都无可奈何。

以黑夜为底色，
我泼下黎明的风流，
蘸着生命的血迹，
画一座祝福的山峰，
向爱的第一本诗集翘首。

你可以悄悄地，
把此山作为扉页的插图，
夹进你天生的守望之中，
我仍不会改变最初的信念。

但不要回首，
我怕向往已久的坚强，
因你轻轻的一声拒绝或应允，
而在瞬间变得无比脆弱。

因为我早已认定,
你是一片激荡的海啊!

滑冰的女人

音乐是你的呼吸
冰刀是你的利器
在那偌大的滑冰场上
美已不仅仅是你的身躯

跟着你飞速旋转的柔姿
我将心弯曲将情弯曲
将我的目光弯曲成一张弓
紧绷的弦是你飞翔的霞霓

红与白都不再是单纯的形状
圆与线都不再是单纯的形状
人与人都不再是独立的存在
场内与场外都不再相互封闭

世界只剩下一缕气息
又被你牵动着向空中抛去
如四射的太阳的光芒
让所有的眼睛变得锋利

心跳从很远的地方传来
我的海岸被重重波及
浪在起舞,涛在跳跃
在浪舞涛涌间我突然失去了记忆

于是,我跟着你潮涨
于是,我跟着你潮落
我的感觉被你揉成一团
又被你扬手之间洒向大地

没有一丝嘈杂的声音
除了你音乐的旋律
飞起来的不是你的翅膀
那是你生命的金色羽翼

在心的大起大落中
我突然明白了你的用意
你是想在冰冷的地方
把血肉点燃成熊熊火炬

黄昏旗

在一个黄昏,你走了。

尘雾消失的地方,
便有一杆旗帜竖起来。

风挥动膂力,
摇撼着我粗壮如灌木的黑发,
一遍遍询问咱们约定的暗语。

有很多车辆,
来往与抽象的大街上,
你无法辨认星星陨落的地方,
但那旗帜招展哗哗的声音,
你能听到,
你能听到。

从此后,
在那条银河小径上,
我开始叩击冬季的
每一个黄昏,或许
无意中遗失的悄悄话,
正在枯萎的草从中,
创造着爱的奇迹。

相思变得锐利了,
穿过两张炽烈燃烧的心页,
把日记缀在了一起。

怎么没想过,
在我们合出的诗集里
打上一个淡紫色的标点,
作为标记呢?

多少必然的结尾,
最后被无意中更改了,
明知是无益的悔恨,
还在一天天加固。

纵然相信草儿还会在春天里

吐绿,我仍然不愿把雨花塘,
作为心的证明。

遗失的不一定都能找回,
找不回也是对生命的惩罚吗?

单调的步履,
在大声朗读纷纭的思绪,
我不愿让风来随意注释。
不辍的信念,
不是朝阳似的山盟海誓,
而是你没有落下的微笑。
是吗?

回答(一)

我是答应过。
站在寒冽的月光里,
双手紧握,
说我们今夜不再错过。

那一刻我们忘记了,
一路丛生的荆棘,拉着裤脚
提出一次又一次忠告,
一身尘土掩不住内心的激奋,
谁都没留心要去掸落。

白色栏杆隐约可见,
提示我们与小屋的距离,
但我们都把此时的目光
和紧紧相握看成是

孜孜以求的栖息之地，
不想再向前或后挪动一步，
只想让生命就留在那恒定的一刻。

但我们没有对寒月起誓。
但我们没有对黑山立盟。
只用心在倾诉彼此难言的感觉。

我们都知道，
月儿西去会有曙光生起，
是太阳就要每天喷薄。
我还是在无奈的别离降临之前，
挪开了你乏倦的手臂，
去独饮寂寞。

把我写成星星吧，
只在夜晚闪烁，
无论有无月亮，
我都来伴你孑单的身影。
但你不要问起我的姓名，
不要把很薄的秘密过早戳破……

回答(二)

在爱的辞海里,
没有欺骗的单词。
在欺骗的蕴含中,
没有爱的注释。

心与心相印,
我从不怀疑真诚,
朵朵硕大的黑影盛开在
淡紫色路灯的连接处,
我都想成你乌黑的发髻。

几度灯火阑珊,
几番去意徜徨,
执迷于不能左右的单行道上,
任脚步与心背道而驰。

目的只是一种从不存在的
美好企望,有多少距离,
我们自己却不能丈量。

其实胴体伸手可及,
而故意画一道耗尽毕生心血
才能相望的弧线,
第三次侥幸走近时,
世界早已经面目全非。

为了你,
我这样终生欺骗着自己。
这种欺骗,
并不会收入你爱的辞海。

回答(三)

我知道你是一杯佳酿,
已为我酿造了二十个春秋。
但我不能一次饮尽啊,
在这个醉人的时候。

我要慢慢地品尝,
品尝幸福的琼浆,
即使你是海洋,
海洋一样的美酒。

双手捧起玲珑的杯盏,
心意已像杯盏般剔透,
溅起一滴香醇,
我已沉湎于香醇的感受。

不要渴望我一饮而尽，
尽管一饮而尽是我渴望已久。

一杯佳酿端放在心中，
心中会奔涌不尽的热流。
爱人啊，
不是我不愿忘情地一醉，
而是你不见爱河之上，
有多少覆没的小舟。

回答(四)

此时我无话可说,
一切回答都不再是回答。

穿过寥无一人的大街时,
我们刚刚逃出黑暗的挑唆。
那时,
真想把所有的光线都一把捉住。

尴尬的手臂自然地垂下,
希望被一声很随便的借口,
击得无地自容。
依稀记得那是都市的
冬夜,你突然提起了
被农夫守望的麦子。
我在你童话般的麦田里,

自我解嘲，自我陶醉。

以后我们走了很长很长的路，
心中的路却早已经结束。

为了把初升的红日，
作为爱情最辉煌的句号，
我们竟推辞了所有的路口。

会推掉受伤的记忆吗？
此时我无话可说，
因为一切回答，
都失去了理由。

黄手帕

你看过那部情歌样的电影吗?
你为什么时常露出那方黄手帕呢?

你该知道我不是一首甜美的情歌,
不是一个随便的男孩,
不是星期六傍晚
在校园常看到的那些痴情汉。

何不把一切都看作没有发生过,
对疯狂的舞场
每一次幸福的一撞,
都淡淡一笑,然后
在蜡烛的橘红色氛围里,
忘却一周的倦怠,
放松紧绷的神经。

不要等我明确的答复。
因为我不想明确地拒绝。
留一缕幽香在心头,
情与爱都会加倍地和谐。

没想过,我真的没有想过,
要作为礁石去击碎少女的初航,
像我第一次抛锚,
便找错了避风的港湾。

爱的世界有许多烦恼,
都是为幸福而诞生的。
采一束紫荆花送给你,
我们今生是朋友。

你将那方黄手帕高高地升起来吧,
或许我是第一个摘取者。

回　眸

回眸不是流盼。
我的目光，
是有目标的流星雨哟，
只洒向遮不住的你。

你在身后，
和众多的拾荒者一样，
刚丢下自己栽培的，
又在不成熟的季节
被自己刈倒的爱之树，
毫无伤痕地去捕猎，
还未被文明浇灌过的处女地。

爱和被爱都是一种险滩，
需要一种冒险的精神，

来弘扬或者舍弃。

这里没有缓冲带和中立区，
要么留下一段美好的回忆，
铸进生命深厚的根基；
要么获得一根苦涩的藤蔓，
年年在心头盘曲。

回眸不是得意。
回眸也不是惋惜。
你想他无意他就是无意。
你想他有意他就是有意。
回眸是我。
想象在你。

记　忆

我常把那条很细的路，
想象成你的目光。
我常把那条很弯曲的路，
想象成我的足迹。
听说满月河边，
有一片艳丽的风景，
我一次次被秋之风怂恿着，
贸然闯进景区，
却顿时模糊了记忆。

感觉时常莫名地沉重，
在身体的某个炫目的部位上，
妖动一缕辉煌的思绪。

金色落叶带着青春夺目的遗憾，

从我依旧年轻的肩头,
唰唰飘零,
铺满那条情侣们早已忘却的
小路,我们都记起了一只苹果
未曾成熟时,那许多值得
良久回味的苦涩酸甜。

如今我们就这样,
很不情愿又自然而然地
成熟起来了,
即使些许磕碰,
也常留下无法复原的伤疤。

我不知道灿烂的成熟后,
会是什么样的季节,
能否重复一句我们
吐红吐绿时的谶语?
世界上有很多美丽的风景,
你是我唯一陶醉的景区。
在你很细的目光上,
我刻下弯曲但是完整的足迹。

快到深秋了,
你说话的声音,

总用我赠你的第一首诗的音韵。
而那个黄昏的门环上，
你曾系绑的红头绳，
仍在含笑怒放。

记忆中，
只有你是最美丽的风景。

恋

恋你,
如桃花痴情于三月。
细雨蒙蒙,
将多少语言省略。

总想不起那次匆匆别离,
你将手儿招成几缕春风。
我叩问过无数条思绪拧成的
小路,却无从回答你,
荡魂销魄的瞬间的凝望。

迟迟不敢打开昨天的日记,
真担心那条柳丝摆弄的长椅上,
会呼啦啦飞起两只受惊的白鹭,
扇一汪碧潭,

心浪不能平息。

珍惜过三月小溪，
载落花之舟向大江远航，
嫩芽萌动暗笑我一抹微红，
却不识春的消息。

无奈疑惑如钩弯月如钩，
竟拉不起一座小桥的拱弧。

请不要抚我的脸颊，
只唱那支沉重的歌谣，
我已把你招手的影子，
浇灌成一棵繁茂的大树。

两扇门

两扇熟悉的门,
相对已久。
门内的你依然陌生。

在独自大彻大悟,
面壁扪心之后,
我慨然抹面站起,
将沉寂之门兀地拉开。

我看到对面之门刚刚关闭。

后来发现,
这是一种游戏似的捉迷藏,
使我们一门之间,
总没有奇迹出现。

在我的门打开之前，
你的门一定是开着的，
并凝视过，
且神情专注。

我一直这样猜想着。
为了证实我不容置疑的潇洒，
冬天的第一个星期天，
我紧闭双目，
把我的早晨之门打开。

当我猛然睁开眼睛时，
你的门早已敞开着，
你当门而立，
袅袅婷婷，
笑意温暖。

我突然觉得，
我们似曾相识。
那扇门其实并不存在，
我们一开始就在同一个屋檐下。
我同时意识到，
那条走廊是没有栅栏的……

流浪者

不要说你会爱我。
不要给我爱的错觉。
我已习惯了流浪的生活。

想分手就说声再见,
让彼此的笑容和从前一样。
爱之初就未祈求地久天长,
拥有了一个属于我们
纯情之爱塑造的夜晚,
生命中便注入了一条爱的
长河。哪怕干涸了,
也有涛声不绝,
流在记忆的沟壑。

失恋只失去了

与你的形影相伴,
有声的话语,
无法否定心的许诺。

不要告诉我以后要去
何方,流浪者的座右铭
是终生流浪。
你此去何处都会发现,
在茫茫的银河系里,
有一个始终流浪的星球。

柠檬夜

夜色沉淀后的柠檬汁,
在你的琴键上缓缓流动。

站在背后看你的纤指,
拨弄我不知所措的奇想。

淡黄窗帘从月亮的眉梢上,
静静静静地垂下。
归巢的鸟儿沐浴着亲昵的潮润。

时针跳动的节奏,
像欢乐的安塞腰鼓,
一声声向我的心房逼来,
肖邦的《小夜曲》,
在你的倡导下浮想联翩。

我轻轻伸出手臂,
拥在你迷人的颈项上,
以常青树的名义,
捧花儿盛开,
或者挺起胸膛,
以心音伴你入眠。

你的脸庞徐徐仰起,
无限的期望送给我领会。
但我没有俯下身去,
让宇宙顷刻颠覆,
因为美好的往往最易损坏啊,
这好像是你唯一的名言。

夜色不是我们苦苦寻找的
黑暗,当它自然而然降临时,
任何推却都是徒劳的,
因此,你仰起的脸庞,
是那样自信地否定自己,
向你就范。

于是我开始默默朗诵赠你的诗句,
使注入词汇的胆略向本体回归。

理惯了青春蓬发的手掌慢慢下滑，
想惯了荒谬人生的心绪陡地昂起。
小夜曲戛然而断，
柠檬汁已将所有的夜晚渗透。
我越发感到男人在黑色环境里，
正越来越旺盛。

沏茶的女人

不见娇艳面容
只闻暗香浮动
云蒸霞蔚之间
流水潺潺有声

茶是雾的女儿
水是山的精灵
让你随意一沏
两情就此相拥

茶盏捧在手中
香在心头翻腾
真想撩开雾纱
一握你的盛情

茶壶始终冷静
严守流线造型
沸腾只在心底
歌唱从来无声

涟漪荡开笑容
温馨袅袅上升
品者品其芳菲
饮者饮其香浓

玉指轻轻一扬
希冀顷刻旺盛
忘却千山万水
自古相思难逢

你是火焰

我是一片古老的荒原。

自从你以一炷烛光,
点亮了我迷惘的黑夜,
我便推动远来的风,
为你鼓掌,
为你呼号,
为你增添一把干柴,
助你燎原。

你以席卷洪荒的态势,
漫过我隆起的野性的山冈,
原始的金茅草,
噼噼啪啪臣服于,
你很撩人的玉膝下,

无怨无悔地焚毁自己。

黑色滩涂是我裸露的皮肤,
它是一块肥沃而湿润的土壤。
你点下一粒眸子,
就可收获永久的激动。

你洒下一把深情,
就能获得拥有的权利。

我已把被厚厚的阴凉
浸泡过的每一部分,
都投进你熊熊旺盛的怀抱,
任你用粗野的痛苦,
把我塑造成一尊狂暴的雕像。
任你用幸福的呻吟,
把我搓捻成一枚永不褪色的红豆。
任你用膨胀的潮润,
把我冶炼成一块彩纹流动的陶片。

甚至任你用炽烈的幻想,
把我熔化成一江清澈的春水,
被你一饮而尽。

只有灵魂我无法交出,
那是我忠诚而独立的仆役,
是我享有主权却不能指使的一部分。
你的燃烧,
像太阳的光辉爱抚寒冬的
土地,我放飞蝴蝶和鸽子,
我吐出兴奋的嫩芽和花蕾。

奔跑在你无边无沿的温暖里,
含笑接受生命渴望的第一次晕眩。

因为你是一蓬燃烧的火焰,
不再担心沸扬的情感。
因为我是一片古老的荒原,
不要忧虑痴情的栅栏。

没有再生的机会。
不是坍塌的废墟。

迎面走来

多少次,
你从远方的地平线上,
向我迎面走来。
越走越近,
越走越近……

我却不敢迎上前去。
那即将清晰时便如期而至的
幻觉,使我更加珍惜你
越来越近的模糊。
这朦胧的前进,
毕竟是你真实的存在。

尽管太阳只在你的背后照耀,
画出你金碧灿烂的婀娜轮廓。

秀发如蓬傲慢地在天空飘扬。
大地因你的出现而升起蔚蓝色的
希望,使所有的起伏跌宕坎坷
以及错综复杂霎时坦荡遥然。

你在越走越近,
每当此时耳边便会传来
海潮汹涌而至般的声音,
只有我知道这是心灵的掌声。

欢呼与歌,
滚动着满天彩云,
为每一条走来的小路
和大道都展开一匹锦帛。
天与地像两只快乐的手掌,
或两片绯红的樱桃唇,
微微翕动,
将难以抑制的激奋,
扇作彩色的蝴蝶翅,
在心灵的枝头上永久栖落。

此刻你飘逸的脚步撼我心魄,
请不要走出蔚蔚蓝霭的撩拨边沿。
在真实与幻觉之间,

不要急急地催我做出选择。

只要你的身影
迎面走来越走越近。
模糊、清晰的界限,
是我难以承受的痛苦。

墙 外

古松的枝丫
悄悄把头颅探向红墙外时,
我们都没在意。

高高竖起的长毛衣领,
遮住了寒意,也遮住了
彼此以外的好奇。

古典式大门依旧紧闭着,
仿佛在呵斥我们来迟了,
早已错过了开放的年代。
那横竖九行金黄的虎头钉,
高悬着至高无上的尊严,
我们手拉着手哈哈一笑,
在历史的大门外,

做祖先遗留下来的许多事情。

一边是流淌的河水,
怪叫着我们无法理解的话语。
一边是冷漠的墙壁,
保持着我们早已熟悉的面孔。
走在这条左右不能自已的道路上,
路灯暗淡,身影暗淡,
即使偶尔有行人匆匆走过,
并不可思议地回头,
丢下一团难解的感叹,
我们仍不会犹豫。

出门时老人再三嘱咐,
外面很冷,可老人并不知道
我们有一件能竖起领子的大衣,
和火气四射的青春激情。
二十岁的乐园不在某一间
小屋,而是在连自己
也不可战胜的热血里。

我们离开之后,世界
的一切,并不会
在这一夜之间改变,

而我们却在这一夜之间,
懂得了年轻生命
应懂得的所有事情。

后来听说那个紧闭的
红墙之内,是一处
极现代的游乐场,
每天严格遵守着
早上八点半钟开门,
下午六点钟关门……

情　人

长长的一吻，
省略了万语千言。
默默的一望，
省略了万水千山。
甜甜的一笑，
省略了千呼万唤。
轻轻的一唱，
省略了千头万绪。
短短的一聚，
省略了万千思念。
悠悠的一挥，
省略了烦恼千万。
世界的千事万物，
都可以在爱的花篮里省略，
只有你，
纵使千万个日月都不能替换。

伞

你走近我时,
我们还很陌生,
甚至怀着敌意。

路灯暗淡,希望也暗淡。
长长的影子,
被冬雨肆意践踏着,
站牌无动于衷,
看我们固定的距离。

突然,一片彩色的云,
在我头顶铺展开来,
推开了无望的夜。
你纤弱的手臂伸出,
擎起我惶恐的渴求,

融化了天边的冷漠。

一切都在这瞬间剧变，
寒意顿消，
焦虑而单调的声音，
像音符弹响后滑过你擎起的
天空或者彩云。

不需要用任何语言，
来注释孤独的雨夜，
只要有两个支点，
就能架起一座心灵的桥。

你的勇气来自我
无遮无掩的黑色怯懦，
你不知道一种怯懦
是一种男性的温情啊。

末班汽车也许早已过去了，
但我们不再失望，
一把伞已足够抵御所有的寒冷。

我不知明天在人流如潮的大街上，
能否再认出你的芳容，

叫出你的名字,
但你小小的雨伞,
毕竟在我头顶撑开了,
她会在漫长而曲折的生活小径上,
纠正我对人世间的狭隘和偏见。
啊,
伞……

沙 滩

失恋的大海,
留下一片失恋的沙滩。
让热恋的情人,
在这里憧憬生命的蔚蓝。
即使迎着夕阳走去,
像迎着朝阳走来一样自然。

终不悔埋下一缕爱的遗憾,
听螺号常吹一曲浪涛的缠绵。
看彩贝散落处,
白鸥点点。

思

有一种情感，
无法用文字表达。
有一种文字，
无法用目光领会。
珍贵的邮票，
无法缩短漫长的路程，
多少页信笺，
都无法消除相思的纷扰。

我们都清楚除了你我，
什么都无法把此情代替，
却又频频虔诚地，
将这不能替代的一切遥寄。

人在无法靠近的两个地方，

无奈地停留,
哀月圆月缺,
忧冬风秋雨。
四周布满了致命的诱惑,
却无法冲淡我爱的痴迷。

三寸彩笔,
写曲曲长短诗歌。
被纯洁的少男少女们,
一页页抄成日记。
我却不能描绘出,
你的真情和美丽。

我们会相聚的,
我始终这样坚信。
只要是真挚的爱,
终会到达爱的圣地。

随心而动

两幢楼相对而立
距离永恒不变
两扇窗相对而向
距离永恒不变
窗内的人相对而望
距离却越来越近
人的眼睛久久凝望
早已深入彼此的肉体
眼睛后面的心紧紧相拥
爱慕已扣进跃动的灵魂
灵魂撞出的汹涌激情
让两幢楼微微战栗

心在激跳的时候
大地也在随心而动

大地上的万物也在随心而动
万物灵魂也在随心而动
心跳加快时表情却木讷
红晕如深秋的红叶
不知不觉就爬上了脸庞
于是脸庞上就升起一片辉煌
照亮了自己也照亮了对面的窗
于是两颗刚刚升腾的太阳
在楼与楼之外握手
相握的是青春分泌的朝阳

视线是两点连成的直线
直线是渴望绷紧的琴弦
琴弦上迸出的是爱情的音符
一个音符就是一曲千古绝唱
乐章铺就一条宽阔的道路
将高楼之外的深壑
用音符填满，用乐章浇铸
让爱的脚步自由来往
有一种声音是别人无法听到的
但具有不可阻挡的力量
明明是难以逾越的悬崖峭壁
恰恰是心与心跨越的桥梁

逃 避

能逃避的是人。
不能逃避的是心。

生命即使沉默不语,
爱之星也永远不会消失。

那时世上的所有幸福之门,
因此为你而开,
痛苦之门,
为你而紧闭,
有一个人,
会永久走出你的记忆。

如果不能逃避一颗心,
又何必逃避一个人呢?

既然爱之星不会消失,
生命又何必沉默不语?

往日觅踪

望雨亭子立于
小路的边沿。
雨花潭像失眠的眼睛
仰望天空。
小船飘摇在往日的记忆里。

我踏着深深的雪地,
来寻找昨日的欢乐,
无意间惊动翘檐下的小雀,
扑棱棱飞向远方,
这里是它的巢吗?
在这迷惘的冬季,
会不会迷失返回的方向呢?

空落的长椅上,

白雪片片飘落,
那上面依靠过多少
山誓海盟,此时,
也没有留下爱的痕迹。

雨花潭似乎是宽容的,
收容着冰霜雪雨,
我不知它能否容纳一颗受伤的心?

彩色木桨像健翅拨开你的柔情,
欢笑荡漾一潭波浪,
发出久久不息的吟唱。

今天只剩下一只失眠的眼睛,
与我默默相对,
我却有太多的心事,
不能对你说明。

有情的是无情的物。
无情的是有情的人。

问　你

问你千遍，
没给我一句回答。
问你千遍，
别给我一句回答。

问你，
是我不厌倦的失望，
找到了永不能命中的目标。

不可抑制的冲动，
用红色墨水，
写满三百六十五个字的
方格稿纸上，
又漫不经心地折成
只有我们能会意的一种

符号,和粉白的花瓣
一起放进小溪,
心情为之一阵轻松。

不要把一切
都翻来覆去地考虑,
到头来你会发现,
复杂的是自己而不是生活。

怎么回答并不重要,
因为问你是我唯一的目的。
你的存在本身,
已给了我最圆满的答复啊。

舞　台

一切都准备就绪，
而演出迟迟没有开始。

眸子化作一束追光，
等待着幕后的奇迹
在瞬间出现。

至此我才明白，
我苦苦等待和寻觅的，
是你的真实的现身，
在没有空缺的观众席上，
而我只是其中一个欢呼者。

长乐牌香烟，
被我下意识地揉成碎末，

尽管只有几丝醇香,
也终不会被苦辣所代替。

诱惑依旧像一年一度的
时装,风行如潮。
看冷静的舞台,
最初与最终的沉默没有区别。

胜利的惊喜往往是
失败难以支持而突然破裂的
间隙里的一次闪念,
我知道最成熟的时机,
隐藏在难耐的激动之后。

舞台或许就这样久远地沉默着,
你或许就这样永久躲避着,
希望就会这样永久存在着。

想

这是一个怪异的字
谁都明白它的含义
但谁都拒绝不了它的魔力

有的人为的是发财
而日夜将它装进心里
有的人为的是权势
而时刻都在把它念及
有的人为的是享受
而天天把它搂在怀抱
有的人为的是快乐
而每每把它归属自己

我呢？我为的是什么？
在那块透明的玻璃板上

一遍遍地将它书写

又一遍遍地将它抹去

写出来,怕它过于暴露

冲淡了心中的诗意

抹掉后,又觉得藏得太深

不能表达急切的思绪

从失眠的夜晚开始

我将宽大的幻觉撕成碎片

躺在这碎片里寻找往日的记忆

把每一颗星星都编上号码

然后从第一个字符数起

等把星星数尽的时候

梦与思念会喷薄而出

铺成东方的万道霞光

大海用碧蓝的手掌把你隆重托举

我不是为了钱财

钱财会减弱我对你的珍惜

我不是为了权势

权势会亵渎你的圣洁和美丽

我不是为了享受

享受只能满足一时的私欲

我不是为了夸耀

因为世界上没有吹不破的牛皮

拥有这个字就拥有幸福
所以我从来不愿放弃
即使是幸福之中也有折磨
也有无法解脱的烦恼
和剪不断理还乱的思绪
甚至彻夜彻夜的辗转反侧
坐立不安的期盼和回忆
让别人去不可思议吧
只要我自己知道我的一切
都是因为心中有了一个你

小　船

在湖畔已经泊了很久，
仍不知几时才能解缆。

双桨悠闲，
人也悠闲，
等你总不见远方传来
醉人的声音，
将我呼唤。

一条小路，
又被芳草覆盖，
用蓬勃的生命向我诉说着，
在走过的脚印上，
足迹依旧，
往事如烟。

黄昏的风轻荡着小船
优美的脚踝,
鹭鸶漫步于夕阳的眉梢之上,
怂恿我在记忆的边沿继续徘徊。

习惯了这样,
一步步接近黄昏,
看初升的弯月,
飘浮在含情脉脉的天空,
无风无浪,
感觉属于我自己的情绪,
倾听夜晚不加掩饰的谎言。

也许有一天早晨醒来,
清澈的湖水会凝结成一块甲板,
拥抱着我们的白色的梦幻,
你会归来吗?

亲爱的,
芳草枯荣岁岁,
是我为你铺下的五色地毯啊。
独坐船头,
看灯火再度阑珊。

寻 觅

少年不知人生短，
常常踏着阳光
去寻觅梦中的灿烂。

没顾及你忧伤的眼神，
我就贸然踏上了别离。
我曾天真地幻想，
既然有一颗太阳主宰人间，
必定在山之外青山上，
有另一种光辉，
令太阳同样敬畏。

我把青春的血液，
奔波成浑浊的汗水，
潮湿了崎岖的小路，

衣衫一次次被不可思议的风
吹干,又一次次被我浸透。

能攀登的山峰,
我都登上了极顶;
能涉足的峡谷,
我都在那里散步,
而黄昏却每天出现。

走遍了地球,
却没走出阳光的手掌;
无尽的道路,
只是一圈五彩的光环。
热情渐渐被疲惫冷却,
幻想渐渐被现实印证。

在我的少年冲动
不知不觉中被时光消磨得
只剩下理性的骨架,
已不愿再攀上另一座
无望的山巅,
我惊讶地发现,
梦寐以求的令太阳敬畏的
光芒,怦然升起。

那是我曾经远离、
曾经忽视、
曾经满不在乎的,
灿烂的爱。

原来照耀我去寻觅梦幻的
是你默默无声的真情啊,
幡然醒悟时,人生的路
已轻妄地走过了长长的、
最值得珍惜的那一段……

只庆幸,
当初没顾及挥手,
说出那两个无情的字
——再见。

永　恒

只一眼便是永恒。
便是天地不能回避的
对视。森林与河流之纵横
与山脉之大漠之悲怆
与海洋之博大，在天地
轰然撞击的那一瞬，
将世界分割得七零八落，
将你塑造得完美无缺。

猛然醒悟。
多少年又多少年，
我孜孜寻觅的那方净土，
在我手足无措时突然来临。

来临。

未及揉拭疲惫的眼睛,
从第一次期望开始,
横穿二十年时空的雁阵
和白云,便霎时烟消无踪,
湛蓝欲滴的天空,
把万千纷纭喧嚣紊杂交错的
凡尘,净化得如一片神圣的
鹤羽,让所有的幸福,
不再忧虑苦恼的缠绕;
让所有的路途,
不再担心坎坷的困惑;
让所有的安谧,
不再害怕惊悸的搅动。

不是小船,
也渴望宁静的港湾,
枕着你纯洁目光里的第一缕
早霞,睡成一曲
令世界屏息的歌儿。
然后徘徊在你的微笑里,
化作海浪推不动的礁石。
任地球一次次毁灭。
任天空一次次塌陷。

只一眼便是永恒。
从此我不敢正视你的温柔。
都说雪终究是要融化的,
我还是不愿流下一滴清冷的泪,
岁岁悔恨。

狂浪般涌动而不可遏制的
联想和赞美,都填进了
下一张生日卡里,
它会使你生命的美丽与辉煌,
都因这个瞬间而不朽。

小　屋

站立在小屋的房檐下，
听心的回声。
我轻轻走进黎明时，
你还在读昨夜的梦。

无法想象你梦中的景致，
是否有青山外七彩长虹，
是否有情之初爱的朦胧。

太阳在前方已冉冉升起，
每一道光芒都系着万物的致敬。
此时进屋还能再走进你的梦吗？
我不忍回首把小屋惊醒。

一幅剪纸，

静卧一方素绢的怀抱,
窗帘低垂轻掩着剔透的窗棂。
挥挥手甩不掉小屋的眷恋,
苍茫世界唯难舍这小小的风景。

短暂人生不容我继续犹豫,
背负小屋艰难地向广场跋涉,
留在身后的深深脚印,
是我为你镌刻在宇宙间的痴情。

你不是包袱。
我也不是负重。
都来珍惜吧,珍重……

心　愿

有小桥横跨月河之上。
两个端点,
是两道长长的堤岸。

清晨,我们从两个起点
同时出发,谁也没有相约过,
沿着双轨似的河堤,
向同一个方向奔跑。

挥过手,
点过头,
也曾隔岸微笑,
岸边垂柳抚弄风月,
柔态万状,
却被我们毫不在意地,

一次次甩向身后。

你红色运动衫如一炬圣火,
晃动着醒目的诱惑,
使我的目光,
下意识地化成飞蛾,
一遍遍心甘情愿为你而死亡。

于是,寻找终点,
成了我的第一心愿。

记不准是第几个早晨过去了,
小月河依然优美抒情地
向前方我们寻找的方向
延伸去,终点在愿望里
频频微笑,
看我无望地向前奔跑。

小月河像满月一样是圆形的,
堤岸是没有尽头的圆周,
每一个起点都是一个终点,
我们每天都在终点和起点上重复。

对面的你知道吗?

我们就是这对立的两条堤岸啊,
纵有激情汹涌于怀抱,
也是注定不能重合的,
只求你不要过早告诉我。

雨　滴

淅淅沥沥……
淅淅沥沥……
日期渐近，
秋雨却打湿了
你的窗花。

阳台上已找不到
昨日的阳光，
只有潇潇雨丝轻洒在
那盆千层菊盛开的花瓣上，
迷惘了远眺的视线。

天空是蒙蒙弥漫的惆怅，
笼罩了我眺望的城市。
那只火样的鸟儿，

箭一般穿过雨的手指,
消失在远方。

为了信念,
她竟被雨滴之弹
击得伤痕累累。
与人相比,鸟儿似乎更加
勇敢。是她有个
温暖而被雨水淋湿的巢啊。

在这里还有什么伤痕
不能全部愈合,还有
什么弹雨不值得冒险呢?
千层菊绽开的
并不是千层烦恼,
一场秋雨并不是
拒绝的理由,因为
风风雨雨都不是生活的
主题乐章,厚厚的云层
也蕴含着厚厚的雨露。

我没有期待雨过天晴后
你的如期而至,
感谢雨滴反射太阳光辉,

又反射出斑锈的灵魂。

一场迷蒙的秋雨，
让我在痛苦中觉醒。

在旅途

整个旅程,
你沉默不语,
神情不传达任何消息。

一本言情小说,
是一本乏味的寄托,
终没读出醒世恒言。

目光与意识的冲突,
对峙在咫尺之间,
我对山说不要低头,
我对溪说不要歌唱,
我不知道该对欲望
说些什么,前方就是
目的地,仍看不出

故事的结尾。

背后是迅速消失的起点,
没留下一句回味的音韵,
一刻也没有甘心过,
一直在失望中希望。

虽然是同一个方向,
同一个目的,
我们却没有同一种勇气。
我醒悟——
悲哀的不是旅途,
而是我独自的多情。

赠

夕阳西下的小路,
开始犹豫。
回归的脚步,
是温馨的开始。

把初绽的樱花,
想象成相思鸟儿,
唱半勺月牙,
如昨晚的阳光纷纷凋零。

朦朦胧胧传说中的
梦境。惆怅
总有似曾相识之感觉,
那种声音是心的声音,
呼唤你千遍万遍年年吐绿。

不是残阳又何必忌讳?
多少条大路都有艰难的
始点,只要脚印
没有被自我的徘徊淹没。

剪不断理还乱,
思绪便可织爱的旗帜,
飘扬于所有心灵的广场。

原谅我只赠你
一枚血色夕阳。
那是放大的相思,
分娩于每一个夜晚啊。

自　白

一堵墙壁，
隔开了完整的空间。
一道视线，
被阻于墙壁的蛮横。

夜深人静，
独对灯盏，
我坐在桌前写诗。
思绪像不可救药的窃贼，
总透过墙壁看那屋
独身栖息的你。
因此，总把诗
写成一种海水，
带着蓝色的吟啸，
向上猛涨。所有的山峦

都被淹没了,唯有
一只小船,随心起航,
从此不再抛锚。

只有你能觉到,
扬帆的是我们分格而居的
小屋。因此,
总把诗写成一种骚动,
烦躁不安的热流,
冲撞着沉重的岩石,
使地球濒临崩溃的边缘。

沸滚的岩浆,跃跃欲试地
喷发,摧毁所有的墙壁。
我们从惊愕中抬起头时,
都发现早已相对而坐,
一丝羞涩难掩你丽质笑靥,
牵动我激情哗哗地升腾,
将雪片似的稿纸层层燃烧,
层层燃烧。

我的第一本装帧豪华的
爱情诗集,就诞生在
你安然入睡的隔壁,

一次次再版都被销售一空。
少男少女们把你当作圣母,
去崇拜,去癫狂,
把我当作人间情种,
为我的完美之爱而顿足。

但当早晨,
我揉着因熬夜和失眠
而红得像初升的太阳般的
眼睛,与你擦肩而过,
不知是第几次想起,
我们仍不相识。

诗只能作为爱的独白啊。
幸福了别人,
折磨了自己,
而你一无所知。